MOLLY McCLOSKEY LIEBE

MOLLY McCLOSKEY

LIEBE
Erzählungen

Aus dem Englischen
von Hans-Christian Oeser

STEIDL

INHALT

Salomonssiegel   7

Der Fremde   27

Glühwürmchen   43

Sie funktionieren bloß nicht   57

Familienfotos   73

Hände   83

Mythologie   93

Liebe   103

Polygamie   119

Schnee   147

Staub   169

SALOMONSSIEGEL

Ich war neunzehn, als ich erfuhr, dass mein Vater nicht mein richtiger Vater war. In jenem Sommer wurde er vierzig. Der letzte Sommer, in dem ich noch mit ihm zusammen in dem Haus in der Pilkington Road wohnte. Wir lebten allein dort, denn meine Mutter war gestorben, als ich noch ein kleines Kind war, und hatte uns unserer gegenseitigen Fürsorge überlassen.

Die große Leidenschaft meines Vaters war der Garten. Vor allem liebte er seine Rosen, die sich an Spalieren die Hauswände emporrankten und wie dichte Haarlocken über die Türrahmen herabfielen.

Ich war noch sehr klein, als er mich mit dieser ersten Liebe bekannt machte und mir die einfachsten Aufgaben zuwies: Saatkörner auf dem Boden zu verteilen, den er vorbereitet hatte, oder Unkraut zu jäten, was ich allerdings nur so lange zu tun brauchte, bis ich mich zu langweilen und vor mich hinzuträumen begann. Dann durfte ich den Tag damit verbringen, Löwenzahnfallschirmchen in die Luft zu pusten oder das Moos zu streicheln, das in weichen Wülsten zwischen den Ziegelsteinen des Reihenhauses wuchs und mich zu meiner Freude an Raupen denken ließ.

Später wurden die Lektionen schwieriger. Wie genau und in welchen Monaten das Beschneiden zu erfolgen hatte, welche Techniken beim Pfropfen angewandt wurden, welchen Plan man beherzigen musste, um die Illusion von Dekadenz zu erzeugen. Ich habe diese Lektionen bis heute nicht verlernt, und so sind es noch immer nur die erfreulichsten Dinge, die mich an ihn erinnern. Der Duft von frisch gemähtem Gras und von Rosen, die ersten Frühlingsknospen, Laubfeuer im Herbst, schwankende Türme aus Töpfen in Gartenschuppen. Schlichte Geräte, wie Pflanzenheber, Spaten und Hacke.

Meine Mutter starb kurz nach dem Tod meiner Großmutter, damals war ich zwei Jahre alt und sie dreiundzwanzig. In der Hoffnung, sie nach der schwierigen Zeit, die sie gerade durchgemacht hatte, ein wenig ablenken zu können, hatten zwei Cousins von ihr sie eingeladen, mit ihnen in der Bucht zu segeln. Sie hatte ihre Mutter während einer langwierigen Lungenentzündung gepflegt, dann war bei der älteren Frau Knochenkrebs diagnostiziert worden. Meine Mutter war einen Großteil des Jahres immer wieder bei ihr gewesen, mitunter hatte sie wochenlang in ihrem Haus gewohnt. Nach dem Tod meiner Großmutter war sie vollkommen erschöpft und freute sich auf einen Tag weit weg von allem. Sogar von uns, hatte mein Vater gesagt. Draußen auf dem Wasser, das sie ebenso sehr liebte wie er die Erde.

Der Morgen war sonnig und windstill, doch nach dem Mittagessen zog ein Sturm auf. Es wurde nie geklärt, warum sie nicht in der Lage gewesen waren, ihr Boot durch Gewässer zu steuern, die für erfahrene Segler eigentlich keine tödliche Gefahr darstellen dürften. Als man das Boot fand, klaffte ein gewaltiger Riss im Rumpf. Das Unglück hatte sich entweder in der Bucht zugetragen, in der sich überall Felsen verbargen – obgleich diese auf Karten verzeichnet waren –, oder aber auf dem offenen Meer, auf das das Boot schließlich hinausgetrieben worden war.

Wir wussten nur eins mit Sicherheit: Alle drei waren ertrunken. Sie ertranken, während mein Vater und ich auf dem Wohnzimmerboden des Strandhauses unserer Cousins ungeschickt, aber vergnügt Murmeln spielten.

Mein Vater war am Boden zerstört. In den drei Jahren, in denen sie sich gekannt hatten, hatte er meine Mutter vergöttert. Ihr plötzlicher und vorzeitiger Tod verhinderte, dass sie ihm jemals hässlich erschien oder ihn jemals enttäuschte. Nie musste sie sich irgendwelche Lügen anhören, die sie in ihrem Wert herabsetzten oder vermeintlich erhöhten, nie roch sie an seinen Fingern, in seinem Atem oder in seinem Haar den Geruch anderer Frauen, nie vergiftete sie die Atmosphäre zwischen ihnen, indem sie ihrerseits Unwahrheiten von sich gab.

Sie war für immer erstarrt. So erstarrt wie auf dem Foto, das nur wenige Tage vor ihrem Tod aufgenommen worden war. Dunkle Brillengläser und ein unterm Kinn geknotetes Kopftuch. Das Foto war auf der Veranda des Strandhauses gemacht worden. Zur Cocktailstunde. Sie sitzt in einem Sessel, neben sich auf dem Tisch einen Drink, und hat den Kopf leicht nach hinten gelegt, ihr strahlendes

Lächeln gilt jemandem links von der Kamera. Auf dem Bild ist sonst niemand zu sehen, nur meine Mutter, lebendig, die Augen verdeckt; die schlimmen Zeiten scheinen hinter ihr zu liegen.

Es war das Lieblingsfoto meines Vaters. Darauf war nicht nur *ihr* Wesen festgehalten – in einem Augenblick, da sie am schönsten, verheißungsvollsten und herausforderndsten war –, sondern auch das seine. Dies war der Höhepunkt ihres gemeinsamen Lebens; diese kurze Zeitspanne zwischen zwei Tragödien wurde für ihn zu einem Behältnis, in dem er die ganze Zuversicht seiner Jugend verwahrte, auf das er jedoch nie wieder Zugriff haben würde.

Ich bin mir sicher, dass es danach in seinem Leben noch andere Frauen gegeben hatte, auch wenn ich als Kind davon nichts mitbekam. Nie brachte er eine Frau mit nach Hause, und wenn er gelegentlich ausging, redete er nicht darüber. Als ich älter wurde, begriff ich, dass er die Geliebten, die er gehabt haben mochte, andernorts traf, vermutlich, um mich nicht zu verletzen, vielleicht aber auch, weil er nie eine Frau kennenlernte, die er für geeignet hielt, Teil unseres Haushalts zu werden. Was mich betraf, so war ich erleichtert, dass ich bei uns zu Hause nie irgendwelche Eindringlinge willkommen heißen musste; dazu nämlich waren Freundinnen von mir gezwungen, die die sonderbaren Romanzen ihrer geschiedenen oder verwitweten Elternteile mit einem süßlichen Lächeln bedachten. Nie musste ich die Körper von Frauen betrachten und mich dabei fragen, was mein Vater wohl von ihnen wusste und wo dabei das Andenken meiner Mutter blieb.

Ich habe mich eigentlich auch nie nach einer Mutter gesehnt, da ich mich nicht daran erinnern konnte, je eine gehabt zu haben. Ich liebte meinen Vater, und er schenkte mir von sich und vom Leben, so viel er eben konnte. Weit mehr, als die Väter meiner Freundinnen ihnen schenkten, und das machte jede Eifersucht und jede Leere wett, die ich empfunden haben mochte.

Er liebte mich ebenso abgöttisch wie ihr Andenken. Jeden Schritt meiner Kindheit legten wir gemeinsam zurück, und perfekte Ausflüge und Unternehmungen haben sich meinem Gedächtnis für immer eingebrannt. Schiffsschaukeln, Zirkusbesuche, Ponyritte, bei denen er mich an der Hand hielt, sonntägliche Matineen mit den neuesten Zeichentrickfilmen, zur Weihnachtszeit *Der Nussknacker,* zu Ostern bunt bemalte Eier. Er verwöhnte mich nicht – er achtete auf strenge Bettzeiten, überwachte sorgfältig meine Schularbeiten und legte Wert darauf, dass Benimmregeln genau eingehalten wurden. Er tat einfach sein Bestes, um dafür zu sorgen, dass mein junges Leben bereichert wurde. Und zu der Annahme, dass bei unserer wechselseitigen Hingabe etwas anderes als Blutsverwandtschaft eine Rolle spielte, hatte ich keinerlei Veranlassung.

Ich erfuhr rein zufällig davon, und zwar auf die Art, wie wir von so vielen Geheimnissen erfahren, die vor unserer Zeit liegen: durch Briefe. 1958, als sie meine Großmutter pflegte, war meine Mutter jeweils für einige Zeit von meinem Vater und mir getrennt gewesen. Vor dem Tod meiner Großmutter hatte sie ihm fast täglich geschrieben, und er hatte ihre Briefe in der verschlossenen Schublade eines großen Rollschreibtischs in seinem Arbeitszimmer aufbewahrt.

Obwohl die Lade stets verschlossen war, hatte sie mich nie sonderlich interessiert. Ich nahm an, dass sie mit langweiligen amtlichen Papieren vollgestopft war, etwa dem Entwurf zu einem Testament, Geburtsurkunden oder einer Lebensversicherungspolice.

Er musste am Vorabend in den Briefen gelesen haben, denn fast den ganzen Abend hatte er sich in seinem Arbeitszimmer aufgehalten und war erst spät zu Bett gegangen. Als er die Schublade abschloss, hatte er den Schlüssel stecken lassen. Wie gesagt, ich hatte nie ein mehr als beiläufiges Interesse am Inhalt der Lade verspürt, doch als ich anderntags sah, dass ich meine leise Neugier ein für allemal stillen konnte, ohne mir viel Umstände machen zu müssen, kam es mir ganz natürlich vor.

Die meisten Briefe handelten davon, wie sehr sich der Gesundheitszustand meiner Großmutter verschlechterte, wie die beiden ihre Tage verbrachten, vom Wetter, von ihren Mahlzeiten, dem Ärger, den meine Mutter mit dem Auto hatte, oder von einem Buch, das sie gerade las. Andere enthielten gar keine Neuigkeiten, sondern ausschließlich Liebes- und Ergebenheitsbeteuerungen, Anspielungen auf *Wenn all das vorbei ist und wir unser Leben fortführen können*. Sie war nicht kaltherzig. Sie vermisste lediglich ihren Mann und ihr Kind und wollte sich aus diesem schmerzlichen Schwebezustand befreien. In einer Handvoll Briefe bezog sie sich speziell auf mich:

Allmählich gelange ich zu der Überzeugung, schrieb sie, *dass wir ihr entgegen unserer Absprache doch keinen reinen Wein einschenken sollten. Sie lernt dich lieben wie einen Vater, und ein Vater bist du ihr gewesen und wirst es ihr immer sein, das weiß ich. Wenn sie alt genug ist, es zu verstehen, würde ihr die Umstellung zu schwerfallen.*

In einem anderen Brief hatte sie geschrieben: *Ich will nicht, dass sie nach ihm sucht. Dabei kommt nie etwas Gutes heraus.*

Es lag auf der Hand, dass er diesen Punkt, wenn er zurückschrieb, manchmal ansprach. Er war der Meinung, dass sie mir die Wahrheit schuldig seien, dass die Entscheidung, ob ich mich nun auf die Suche machen sollte oder nicht, mir überlassen bleiben müsse, wenn ich alt genug wäre, sie zu treffen. Ihm war unbehaglich dabei zumute, in eine Lebenslüge verstrickt zu sein. Es sei ja schön und gut, wenn ich ihn liebte, er aber wolle, dass ich ihn als den Menschen liebte, der er wirklich sei.

An jenem Abend saß ich auf der kleinen Terrasse vor unserer Küche, von der aus man in den Garten gelangte, den wir so oft gemeinsam gepflegt hatten, und wartete auf ihn. Als er zur Haustür hereinkam, pfiff er ein Lied. Er wusste nicht, dass ich da war. Er stellte eine große braune Tüte mit Lebensmitteln auf den Küchentisch und begann, sie auszupacken. Immer wieder tauchten seine sonnengebräunten Arme in die Tüte, er wirkte entspannt und zufrieden. Als er fertig war, faltete er die Tüte säuberlich zusammen und legte sie weg, dann holte er sich eine Flasche Bier. Als er eben den Kopf zurücklegte, um einen großen Schluck zu nehmen, erblickte er mich und hob fröhlich die Hand zum Gruß. Wir freuten uns immer, wenn wir einander sahen.

Als er zur Terrassentür kam, öffnete er den obersten Knopf seines Hemdes und lockerte seine Krawatte. Dann lehnte er sich an den Türpfosten, musterte den wolkenlosen blauen Himmel und sagte: »Mein Gott, schon wieder so ein schöner Tag.«

Ich antwortete nicht, sondern sah ihn nur an.

»Was ist?«, fragte er und erwiderte besorgt meinen Blick.

»Ich weiß alles.« Mehr sagte ich nicht.

Es gab nur eine Möglichkeit, wie ich an die Information gelangt sein konnte, daher fragte er nicht nach. Stattdessen verschränkte er die Arme vor der Brust und ließ seinen Blick kurz durch den Garten schweifen, dann schlug er die Augen zu Boden. Schließlich setzte er sich neben mich auf einen Korbstuhl und umschloss die Flasche mit beiden Händen. Den Blick noch immer auf den Boden geheftet, sagte er zu mir: »Deine Mutter war mit dir schwanger, als wir uns kennenlernten.« Dann verstummte er.

»Weiter«, sagte ich.

»Sie hat es mir gleich zu Anfang gesagt.«

»Weiter«, sagte ich wieder, diesmal nachdrücklicher.

»Sie wollte nicht, dass ich das Gefühl hätte, sie versuche mich in eine Falle zu locken. Deine Mutter war nicht so. Sie war durchaus gewillt, dich allein aufzuziehen. Aber … wir haben uns ineinander verliebt.«

»Was ist aus ihm geworden?«, fragte ich.

»Ich weiß es nicht. Sie auch nicht. Es war… Es war ein Ausrutscher.«

»*Ein Ausrutscher?*«

»Du weißt, dass ich es nicht so gemeint habe«, sagte er hastig.

»Er hat sie verlassen, weil sie schwanger war?«

»Nein.« Er schüttelte den Kopf. »Er hat es nie erfahren. Er war schon weg, als sie es gemerkt hat.«

»Weg? Wohin?«

»Ich weiß es nicht. Er war nur vorübergehend hier, sechs Wochen oder so. Wenn ich mich recht erinnere, hat er in der Stadt ein Büro eingerichtet.«

»Und sie hat nie versucht, ihn zu kontaktieren?«, fragte ich ungläubig.

»Ich kann dir nicht sagen, wie es für sie war. Ich weiß nur das, was sie mir erzählt hat.« Dabei mied er meinen Blick und rollte die Flasche zwischen den Handtellern.

»Und?«

»Nun ja…«

»Was hat sie dir erzählt?«

»Sie hat mir erzählt«, sagte er langsam, »dass er es gar nicht hätte wissen wollen. Außerdem wollte sie nicht, dass er ein Teil ihres Lebens wurde.«

»Warum? Was war mit ihm?«

»Nichts. Nur, dass zwischen ihnen nichts war. Sie hat ihn nicht geliebt.«

»Anscheinend aber doch genug«, sagte ich.

»Nein«, erwiderte er bestimmt. »Hat sie nicht.«

Dann saß er schweigend da, die Ellbogen auf die Knie gestützt; unfähig, mir in die Augen zu sehen, starrte er finster auf einen Punkt in der Ferne. Zum ersten Mal in siebzehn Jahren war er wütend auf meine Mutter, weil sie ihn mit all den Rechtfertigungen allein gelassen hatte.

»Ich hatte mir vorgenommen, dir reinen Wein einzuschenken«, setzte er erneut an, »aber als sie starb... Allein brachte ich es nicht übers Herz. Du warst so auf mich angewiesen. Und außerdem hatte ich keine Ahnung, wo ich den Mann hätte aufspüren sollen.« Er zuckte mit den Achseln.

»Aber du hättest ihn doch finden können. Wenn er in der Stadt gearbeitet hat...«

Er biss sich auf die Lippe, sah mich aber immer noch nicht an.

»Drei Jahre waren vergangen...«, sagte er leise.

Da wusste ich, weshalb er es nie versucht hatte. Meiner Mutter zuliebe, mir zuliebe, aber in erster Linie sich selbst zuliebe. Er hatte mich behalten wollen. Ich war ihr Fleisch und Blut, die engste Verbindung, die er mit ihr noch haben konnte, und er hatte mich lieben gelernt.

Doch jetzt gab es diesen anderen Mann, auch er erstarrt, genau wie meine Mutter. Ich konnte ihn fast vor mir sehen. Er trug einen dunklen Anzug und ein gestärktes weißes

Hemd mit Krawatte. An der Hand schlenkerte stets eine Aktentasche. Er war glatt rasiert, und nach Feierabend steuerte er geradewegs auf sein Auto zu, im Gesicht das blendend weiße Lächeln der fünfziger Jahre. Er richtete ein Büro ein, vögelte meine Mutter, ließ seinen Samen in ihr zurück.

Ich war nicht so schockiert, wie ich es hätte sein können. Im Nachhinein schien mir die Beziehung zu meinem »Vater« schon immer außergewöhnlich gewesen zu sein. In all den Jahren hatte er sich nie so verhalten, als gehörte ich zu ihm, sondern eher so, als wäre die Zeit, die wir miteinander verbrachten, besonders kostbar. Ich glaube, er hat nie die Angst überwunden, dass eines Tages ein Fremder auftauchen und mich zurückfordern könnte und er als der Schwindler entlarvt werden würde, der er war.

Eine Zeit lang verlief unser Leben ganz normal. Ich war nicht daran interessiert, meinen richtigen Vater zu suchen. Die Vorstellung ängstigte mich mehr als alles andere. Es verhielt sich genau so, wie meine Mutter geschrieben hatte: Dabei kommt nur selten etwas Gutes heraus. Und nachdem ich schon sie verloren hatte, klammerte ich mich umso mehr an das, was ich besaß und was ich kannte: an den Mann, der mich aufgezogen hatte. Nun, da ich wusste, weshalb er mich aufgezogen hatte und weshalb er es auf diese Weise getan hatte, schien meine Liebe zu ihm stärker denn je. Und auch seine Liebe zu mir empfand ich anders, denn bis zu einem gewissen Grad hatte er sie mir aus freien Stücken gewährt. Aber auch, weil ich sie von ihm gefordert hatte.

Dank diesem Wissen wurde unser Verhältnis für kurze Zeit sogar noch besser. Selbst der banalste Wortwechsel schien von etwas durchdrungen, das an Ehrfurcht grenzte. Zuerst beobachtete er mich voller Angst, dann aber, als er merkte, dass ich ihn nicht verlassen würde, voller Erleichterung. Und ich, die ich keinerlei Anzeichen dafür wahrnahm, dass er weniger an mir hing als zuvor, empfand ein gefestigteres Vertrauen zu ihm. Wir waren wie zwei Menschen, die unverhofft ein großes und außerordentliches Geheimnis miteinander teilen. Wir schauten einander an, als könnten wir es nicht recht fassen. Oder als wären wir frisch verheiratet.

Allmählich jedoch schlichen sich sonderbare Nuancen in unser Benehmen ein. Wir drückten uns herum, als hätten wir uns etwas zuschulden kommen lassen. Er fand Vorwände, um nachts nicht zu Hause sein zu müssen; ich nahm keine Sonnenbäder mehr im Garten. Unsere flüchtigen Berührungen – eine Hand auf dem Arm des anderen, wenn wir lachten, ein fester Schulterdruck von hinten, ein sanfter Klaps geheuchelten Missfallens –, all das hörte auf. Wir vermieden es krampfhaft, uns anzusehen, aber wenn wir einander den Rücken kehrten, warfen wir dem anderen verstohlene Blicke zu. Zum ersten Mal in meinem Leben fragte ich mich, wo er in all den Jahren nachts hingegangen war. Wie nie zuvor musste ich an die Körper anderer Frauen denken, die er berührt haben mochte oder jetzt berührte.

Eines Abends kam ich nach Hause und fand ihn schlafend im Wohnzimmersessel vor. An seinem stoßweisen, überlauten Atem merkte ich, dass er getrunken hatte. Er hatte dem Alkohol nie übermäßig zugesprochen, auch wenn ich ihn natürlich bei der einen oder anderen Gelegenheit angetrunken erlebt hatte, und dann war er stets vergnügt, leicht trottelig und ein wenig rührselig gewesen. Aber es sah ihm nicht ähnlich, allein zu trinken, und es war offensichtlich, dass er den ganzen Abend über genau das getan hatte. Ich legte mich aufs Sofa und betrachtete ihn. Seine Brust und sein Bauch hoben und senkten sich, seine muskulösen Beine waren gespreizt, sodass der Zwischenraum einen Rhombus bildete. Der dunkle, lichter werdende Haarschopf, jungenhaft kurz geschnitten, und die um diese Nachtstunde dichten Bartstoppeln, die ich schon häufiger gespürt hatte, wenn wir uns bei feierlichen oder fröhlichen Anlässen umarmten.

Ich betrachtete ihn, bis mein Blick sich trübte und seine vertraute Gestalt zu flimmern begann, wie bei den ersten Zuckungen in einem Traum. Schließlich nickte ich ebenfalls ein. Als ich wieder erwachte, war das Licht ausgeschaltet, und er war zur Arbeit gegangen. Den ganzen Tag über wanderte ich ziellos im Haus umher. Ich hob Gegenstände auf, die er oder ich hatten liegen lassen, und brachte sie wieder an ihren Platz. Ich schnitt Rittersporn ab. Ich setzte mich in sein Arbeitszimmer und drehte mich müßig auf seinem ledernen Drehstuhl. Ich konnte ihn riechen.

Als er abends nach Hause kam, war er noch nervöser als zuvor und vermied es, mich anzusehen. Wortlos schenkte er sich einen Drink ein und drehte mir seinen breiten Rücken zu. Mit der freien Hand hielt er sich am Rand der Küchentheke fest. Ich stand ihm gegenüber, schnitt Gemüse fürs Abendessen und wartete darauf, dass er sich zu mir umblickte. Endlich tat er es. Zum ersten Mal seit Wochen sahen wir einander direkt in die Augen. Die Augen meines Vaters waren braun wie sein Haar, und sein Gesicht und seine Arme waren von den vielen Stunden, die er in seinem geliebten Garten verbrachte, hellbraun getönt. Auf seiner Haut leuchteten goldene Härchen. Ich hörte, wie er schwerer atmete. Seine Kiefernmuskeln spannten sich, sein ganzes Gesicht war leicht verspannt, als habe er Schmerzen, die er gerade noch ertragen könne. Da wusste ich, dass auch er mich im Schlaf betrachtet hatte, so wie ich ihn.

»Komm her«, sagte er zu mir und streckte die Hände nach mir aus.

Zuerst waren unsere Berührungen eher linkisch, denn wir waren es ja nur gewohnt, dass unsere Wangen sich kurz streiften und wir uns dann sittsam und schüchtern wieder voneinander lösten. Doch schon bald küssten wir uns gierig und ohne Scham. Sein Gesicht kratzte an meinem Kinn, an meinem Ausschnitt, und als er versuchte, mich näher an sich zu ziehen, umklammerten seine Hände meinen Kopf wie ein Schraubstock.

Obwohl er leidenschaftlich war, vor Erregung fieberte und, wie mir schien, verzückt meinen Namen flüsterte, lächelte er kein einziges Mal und ließ auch sonst kein offensichtliches Zeichen der Freude erkennen.

Am nächsten Morgen saß er angekleidet auf der Bettkante und sagte mir, wie furchtbar leid es ihm tue.

Wie erwartet, arbeitete er an diesem Tag im Garten. Ich beobachtete ihn, wie er sich zwischen die zahlreichen Blumen bückte, die wir gepflanzt hatten. Akeleien, Schwertlilien, Salomonssiegel. Lobelien, die sich wie ein purpurner Bach über einen Felsvorsprung ergossen. Er arbeitete ohne Handschuhe. Er sagte immer, dass es im Erdreich Dinge gebe – Mineralien –, die, wenn sie mit der Haut des Menschen in Berührung kämen, beruhigend aufs Gemüt wirkten.

Zum Mittagessen brachte ich ihm ein Sandwich und ein Glas kalten Tee. Er blickte mich wehmütig und bekümmert an, und es schien, als sei alle Freude, die ich ihm je bereitet hatte, aus seinem Gedächtnis getilgt. Als sei ich geradezu ein Sinnbild all der kleinen Niederlagen in seinem Leben. All der Male, bei denen er Erwartungen enttäuscht hatte. Und obwohl ich mich danach sehnte, ihm zu sagen, dass wir nicht unrecht gehandelt hatten, ihn zu trösten und seinen Körper an jenen Stellen zu berühren, die mir inzwischen lieb und vertraut waren, wusste ich doch, dass ich es nicht vermochte.

Auch konnte ich ihm bei seiner Arbeit nicht zur Hand gehen. Auf abscheuliche Weise hatte sich alles schlagartig verändert zwischen uns, und so saß ich, wie abgeschnitten von ihm, den restlichen Nachmittag über am Fenster im Obergeschoss und beobachtete ihn. Von Zeit zu Zeit unterbrach er seine Arbeit und lehnte den Unterarm auf den Griff der langen Schaufel oder kniete auf der Erde und starrte, die Hände auf die Schenkel gestützt, in die Ferne.

In der darauf folgenden Woche führte jeder von uns sein eigenes Leben, wir sprachen nur das Nötigste und gingen einander aus dem Weg. Mein Vater kam spät von der Arbeit, und ich bereitete mich auf meinen Studienbeginn im September vor. Wir liebten uns nur noch ein weiteres Mal.

Wir waren auf einer Gartenparty am Ende der Straße gewesen – langjährige Nachbarn wollten wegziehen. Wir waren den ganzen Nachmittag bis zum Abend geblieben und hatten beide mehr getrunken, als wir gewohnt waren. Auf dem langen Weg die Pilkington Road entlang spürten wir in der süßen Schwüle die erste Andeutung des Herbstes. Obwohl mein Vater den Herbst traurig fand, vielleicht aber auch gerade deswegen, war er ihm die liebste Jahreszeit. Ich wusste, dass er, um die Gartenabfälle zu beseitigen, bald nach meinem Weggang jene kleinen Feuer entzünden würde, die die Luft mit dem scharfen, grauen Rauch des Herbstes erfüllen. Dass er allein tun würde, was er jahrelang mit meiner Hilfe getan hatte. Ich wusste, dass die leuchtenden Beeren des Feuerdorns seinen Blick auf sich ziehen würden, die Blütenstände der Montbretien, die kurzen goldenen Abende, und ich verzehrte mich danach, bei ihm bleiben zu können.

Als wir in unsere Auffahrt bogen, legte er mir den Arm um die Schulter, und ich schmiegte mich an seine Brust. Ich dachte mir nichts weiter bei seiner Geste, so unerbittlich hatte er unsere Tat dem Vergessen überantwortet. Früher waren wir oft und in aller Unschuld so gegangen, und in dem warmen Fluss meiner Gedanken begrüßte ich unsere neuerliche Annäherung.

Als wir ins Haus traten, unterhielten wir uns am Fuß der Treppe kurz darüber, was für ein schöner Tag es gewesen sei und wie müde wir beide seien. Wir umarmten einander wie so viele Male zuvor und wie wir es seit jenem Tag nicht mehr gewagt hatten. Doch unsere Körper hatten etwas entwickelt, was über uns selbst hinausging, eine Sprache, die unsere Gedanken und unsere bewussten Wünsche überstieg. Aus unserer Gutenachtumarmung wurde ein Kuss, und im Dunkel der Diele suchten wir einander von Neuem.

In den darauf folgenden Tagen verfiel mein Vater in ein fast mürrisches Schweigen. Er kam mir gehetzt und niedergeschlagen vor und blieb wieder, so oft er konnte, von zu Hause weg. Nur einmal ertappte ich ihn dabei, wie er mich ansah, es war ein verzweifelter und resignierter Blick.

Am Morgen meiner Abreise stand er zeitig auf, bereitete das Frühstück und half mir mit meinen Taschen und bei meinen letzten Vorbereitungen. Als er mich zum Bahnhof fuhr, nahm er hin und wieder meine Hand und drückte sie, hielt den Blick aber stets auf die Straße gerichtet. Ich schaute meist aus dem Fenster und weinte so verhalten, wie ich konnte. Ich fuhr zweihundert Meilen weit weg, fort von ihm, fort von unserem Haus, dem Garten, den wir gepflegt, und dem Bett, in dem wir geschlafen hatten.

Im Bahnhof setzten wir uns auf eine harte Holzbank und warteten auf den Zug. Wieder hielt mein Vater meine Hand, und wieder sagte er mir, wie leid es ihm tue, und dass er unrecht gehandelt habe. Er sagte, er liebe mich wie eh und je, und wann immer ich etwas benötige, solle ich ihn anrufen. Er hoffe, wir würden über das, was geschehen sei, hinwegkommen. Er nannte mich seine Tochter.

Als der Zug einfuhr, umarmten wir uns, erst zögerlich, dann fest. Sein Gesicht war feucht von meinen Tränen, und ich spürte seine kurzen, borstigen Haare und die Umrisse seines Körpers, der sich an meinen drängte und mit diesem verschmolz. Ich hatte die Augen geschlossen, in der Dunkelheit verlor ich jedes Gefühl für Zeit oder für den Ort, an dem wir uns befanden, und ich stellte mir vor, wie schön es wäre, ihn nie wieder loszulassen. Doch er löste sich aus der Umarmung und sah mich an, die Hand wie schon einmal gegen meinen Hinterkopf gepresst. Ich wartete darauf, dass er etwas sagte, aber er brachte kein Wort heraus. Auch in seinen Augen standen Tränen, und bald wandte ich mich von ihm ab und bestieg den Zug.

Während meines ersten Semesters an der Universität fuhr ich genau wie alle anderen an einigen Wochenenden und auch zu Weihnachten wieder nach Hause. Doch meine kurzen Erfahrungen mit der Außenwelt hatten mich bereits verändert. Ein Gefühl von Trauer begleitete uns, und eine Mischung aus Sehnsucht und Scham war zwischen uns getreten. Wir empfanden keine Freude mehr an dem, was uns früher Freude bereitet hatte, nicht am Garten, nicht an der Zubereitung einer Mahlzeit, nicht einmal an einem Gespräch, und ich saß in einem leeren Haus oder ging, wenn er daheim war, aus, um alte Freundinnen zu besuchen, an denen mir wenig lag.

Ohne dass einer von uns es vorgeschlagen hätte, stellte ich meine Besuche allmählich ein, und im Sommer suchte ich mir einen Job in der Stadt, in der sich meine Universität befand. Nach wie vor schrieben wir uns, weil dies nicht ganz so schmerzvoll war und wir es beide nicht ertragen hätten, uns aus den Augen zu verlieren; schließlich hatten wir bis kurz vor meinem Weggang viele glückliche Jahre miteinander verbracht.

Als ich mein Studium abgeschlossen hatte und weiter nach Westen zog, schrieben wir uns immer seltener. Aber wir teilten einander unsere wichtigsten Lebensumstände mit, und so wusste ich, dass er noch in demselben Haus wohnte, noch immer arbeitete und nicht wieder geheiratet hatte. Einmal im Jahr richtete ich es ein, dass wir uns sahen, dann trafen wir uns an einem neutralen Ort, auf halbem Weg zwischen unseren Wohnorten. Gewiss, eine Zeit lang empfand ich einiges von dem Entsetzen, das mein Vater in unseren letzten gemeinsamen Tagen empfunden hatte und gegen das ich so immun gewesen war. Doch dieses Gefühl ließ ebenso nach wie das beunruhigende Verlangen zuvor, und mit der Zeit dehnten sich unsere Zusammenkünfte mehr und mehr aus und wurden zu einer großen Quelle des Trostes. Wir unterhielten uns über unser Leben und unsere Arbeit wie andere Väter und Töchter auch. Ich erkundigte mich nach dem Garten, und er beschrieb mir die Kräuter und Gemüsesorten, die gegenüber seinen geliebten Blumen allmählich an Boden gewannen – ein zunehmender Hang zum Praktischen, den er dem Alter zuschrieb. Wir mussten oft lachen. Nur von jenem Sommer sprachen wir nie.

Mit den Jahren sah ich, wie sein Gesicht faltiger wurde, die Haut an seinem Hals schlaffer, sein Gang mühsamer. Ich sah, wie er sich auf seine Einsamkeit versteifte, sodass mir sein Leben wie ein Schneckenhaus vorkam, das die weicheren Teile schützte, die sich, wie ich wohl wusste, in seinem Inneren verbargen. Am Ende empfand ich für ihn nichts als Liebe, denn in vielerlei Hinsicht hatte er sich nie geändert.

Offenbar gab es, als er starb, keine Frau in seinem Leben. Bei seiner Beerdigung ragte niemand unter seinen Bekannten und Kollegen als ihm besonders nahestehend heraus. Vielleicht war er seit dem Tod meiner Mutter mit keiner Frau wirklich glücklich gewesen, und in dieser Hinsicht hatte ich ihm nichts als Kummer bereitet. Doch trauerte ich um ihn, wie es sich gehört, warf Rosen und eine Handvoll Erde aus seinem Garten ins offene Grab und beweinte ihn wie die Geliebte, die ich war.

DER FREMDE

Als Frederick achtunddreißig wurde, merkte er, dass er dick war. Nicht allzu dick, aber es war eben auch nicht mehr so wie früher, als er über ein zweites Stück Apfelkuchen oder die sichtlich flacheren Bäuche anderer Männer nicht weiter nachzudenken brauchte. Es geschah ganz plötzlich, als habe er das Alter erreicht, in dem derartige Sorgen schlagartig zunehmen. Er ist einem Fitnessclub beigetreten, geht aber nicht oft hin, weil die meisten Männer dort jung, schlank und selbstsicher sind wie die, mit denen er in letzter Zeit geschäftlich zu tun hat. Wenn er mit seiner Frau schläft, zieht die Schwerkraft seinen Bauch nach unten, drückt ihn in die Mulde ihres Magens. Und wenn er auf dem Rücken liegt, scheint sein Bauch nach allen Seiten hin zu schwabbeln, und er schämt sich dafür, dass sie ihn so sieht. Morgens zieht er sich das Laken über die Brust, als fürchte er sich, oder geht hastig unter die Dusche, bevor sie aufwacht.

Das Komische daran ist, dass Fredericks Frau trotz seiner verschämten Esserei und seinen noch verschämteren Zärtlichkeiten auf die paar Pfunde, die er zugenommen hat, noch gar nicht aufmerksam geworden ist. Früher, ja, da lehnte sich Julia nachts zurück und sah mit besitzergreifenden Blicken zu, wie Frederick seine Krawatte lockerte, langsam sein Frackhemd aufknöpfte und sorgfältig seine Hose zusammenlegte. Doch eines Abends war Julia eingeschlafen, noch bevor er sich die Schuhe ausgezogen hatte, und es dauerte Monate, ehe einer von ihnen merkte, dass etwas anders geworden war.

Frederick ist noch immer in seine Frau verliebt. Wenn sie ein bestimmtes rotes Kleid anhat, das sich an ihren Körper schmiegt wie ein Liebhaber, wird er vor Bewunderung ganz schüchtern. Er ist gern in ihrer Nähe – die Art, wie sie an der Küchentheke steht und Romane liest, während das Radio läuft und auf dem Herd ein kompliziertes Abendessen vor sich hinköchelt. Die Art, wie sie ihm morgens unter der Bettdecke hervor einen Abschiedsgruß zuschnurrt, warm und träge wie eine Katze.

Neuerdings aber hat sich Frederick zu Hause abendlichen Weinkrämpfen ergeben. Sie sind Teil jenes seltsamen, stetig zunehmenden Verlusts an Selbstbeherrschung. Er schließt sich ins Badezimmer ein und setzt sich, die Ellbogen auf die Knie gestützt, auf den Rand der olivgrünen Wanne. Sachte schlägt er mit der Stirn gegen seine Handteller und flüstert: Was ist los mit mir? Was zum Teufel ist nur los mit mir? Sein einziger Trost besteht darin, dass Julia von alledem nichts bemerkt hat.

Frederick schlittert in die Sache hinein. Er ist nicht der Typ Mann, der hinter Frauen her ist, und meistens ist er auch nicht der Typ Mann, der es mitkriegt, wenn Frauen hinter ihm her sind.

Soll das etwa heißen, du hast es nicht mitgekriegt?, fragen seine Arbeitskollegen.

Freddie ... wie sie dich anschaut – die eine da von oben ...

Ach, fragt ein anderer, die, die am Salatbüfett immer nach Rosinen Ausschau hält?

Sheila, glaube ich, sagt ein Dritter.

M-m, sagt der Erste, ich rede von der anderen. Von der Blondine.

Es ist nicht Sheila oder die Blondine von oben oder die Rosinenliebhaberin, mit der Frederick in die Sache hineinschlittert. Es ist eine Frau namens Beth, die eines Tages in seine Werbeagentur kommt und sich danach erkundigt, wie man auf originelle Weise für Telefone werben kann. Als sie, über seine Schulter gebeugt, eine Skizze studiert, lächelt sie zu allem, was er sagt, und stellt fest, dass sie seinen Geruch mag. Als sie noch am selben Abend etwas trinken gehen, setzt er sich an der Ecke der Theke in rechtem Winkel zu ihr hin. Indem er sich so platziert, kann er die Illusion wahren, dass nichts passiert. Doch schon nach zwei Gläsern legt Beth, wenn sie lachen, ihre Hand auf Fredericks Hüfte. Er fühlt sich wieder schlank und selbstsicher und merkt, wie lange es her ist, dass eine Frau ihn berührt hat, ohne dass er einen Vorwurf darin spürte.

Sie ist nicht mehr jung, jedenfalls nicht viel jünger als er. Vielleicht sechsunddreißig. Gut erhaltene sechsunddreißig. Sehr nette, warme, einsame sechsunddreißig. Frisch geschieden.

Du würdest dich wundern, sagt sie, du würdest dich wundern, was die Leute sich alles gefallen lassen, wenn sie meinen, verliebt zu sein. Sie wirft ihm einen wissenden, leicht beschwipsten Blick zu und fragt: Bist du verliebt, Fred?

Ich denke, so könnte man's sagen, antwortet er. Ich bin verheiratet.

M-m, sagt sie, und die Röte steigt ihr ins Gesicht wie die süße, rote Flüssigkeit, die sie durch zwei Strohhalme saugt. Danach habe ich dich nicht gefragt.

Nun ja, ich bin's aber, sagt er und knetet die Hände auf dem Schoß. Verliebt, meine ich.

Warum dann das hier?

Warum was?

Was soll das hier? Warum bist du hier? Und denkst daran?

Vielleicht weil Frederick auf diese Frage keine Antwort weiß, geht er schon in dieser ersten Nacht mit ihr nach Hause. Während sie sich lieben, schaut er sich eine Hochgeschwindigkeits-Diaschau von seiner Frau an, so als würde sie andauernd in einem Zug an ihm vorüberrasen, während er an einem Bahnübergang wartet. Während er sich rhythmisch auf Beth bewegt, ist ihm, als könne er das gleichmäßige Läuten der Warnglocke hören.

Hinterher geht er ins Badezimmer und starrt in den Spiegel, in der leisen Erwartung, sich verändert zu haben. Hinter sich sieht er einen Haufen schmutziger Bettwäsche, die nachlässig in einen Wäschekorb aus Plastik gestopft ist. Er kommt sich beliebig vor, wie ein austauschbares Ersatzteil, und ziemlich albern.

Dennoch, sein Körpergewicht hat ihn nun schon den ganzen Abend nicht gestört, und erst später, als er seine Kordhose anzieht, spürt er wieder die Speckfalte um seine Taille, und alles fällt ihm wieder ein.

Als er zu Fuß nach Hause geht, ist ihm, als habe er seine halbe Lebensgeschichte abgestreift – die Hälfte, die durch Julias Augen destilliert ist. Destilliert, interpretiert, gelobt oder für unzureichend befunden. Er hat, er weiß nicht für wie lange, eine Art Traurigkeit abgestreift, die davon herrührt, dass er zu viel von sich oder jemand anderem weiß. Und plötzlich nimmt er sich wahr wie einen interessanten, wenn auch etwas furchteinflößenden Fremden.

In der Hoffnung, dass die frische Luft Beths Geruch schon noch vertreiben wird, beschließt er, Julia zu erzählen, er habe mit einem Kunden zu Abend gegessen. Doch Julia fragt gar nicht nach, und als er seine Nachttischlampe anknipst, um sich in deren Lichtschein auszuziehen, dreht sie sich im Schlaf um. Im Bett versucht er, sich Beths Gesicht vorzustellen, doch schon im Bruchteil einer Sekunde verflüchtigt es sich immer wieder, und er fragt sich, was für eine Sorte Mann er ist.

Wenn Frederick ausgeht, um sich mit seiner Geliebten zu treffen – ein Begriff, auf den er immer wieder stößt und den er von sich weist –, winkt Julia ihm vom Fenster im zweiten Stock ihres Eckhauses zum Abschied nach und wünscht ihm Glück bei einem weiteren Geschäftsabschluss. Sie sind dazu übergegangen, die Fenster offenstehen zu lassen – es wird allmählich wärmer –, und eines Abends, als Julia ihm zum Abschied wieder einmal nachwinkt, hört sie Frederick fluchen. Da erst beginnt sie zu überlegen, ob er sie wohl belügt.

An jenem Abend bleibt sie auf und schaut sich Fotoalben an – stumme, lächelnde, sonnengebräunte Gesichter starren ihr entgegen. Sie versucht herauszufinden, ob vielleicht Fredericks von einer zur nächsten Seite unterschiedlicher Gesichtsausdruck preisgibt, wann genau eine Veränderung mit ihm vorgegangen ist. Aber sie findet nicht viele Fotos jüngeren Datums, und sie gibt auf und denkt: Vielleicht können wir unseren Anblick nicht mehr ertragen.

Als Frederick an diesem Donnerstag von der Arbeit nach Hause kommt, legt er seinen Anzug ab und zieht ein frisches Hemd und eine saubere Unterhose an. Als er sich bückt, schwillt eine Ader an seinem Hals und verleiht ihm mit einem Mal etwas Männlich-Kraftvolles. Da er jedoch zu schnell an seinem Schnürsenkel zerrt, zieht dieser sich zu einem Knoten zusammen, den er mit seinen dicken männlichen Fingern nicht lösen kann. Julia steht in der Diele und sieht ihm, zum ersten Mal seit Monaten, beim Auskleiden zu. Alles ist so offensichtlich, denkt sie. Wie dumm wir beide sind.

Du brauchst mir das Abendessen nicht warm zu halten, sagt er, ohne aufzublicken.

Ist gut, sagt sie und betrachtet, als er sich vorbeugt, um ein sauberes Paar beiger Socken über die dicken Waden zu streifen, seinen Scheitel. Weißt du, dass dein Haar schütter wird?, sagt sie nach einer Pause.

Frederick starrt sie einen Augenblick lang an. Danke, sagt er, verwirrt darüber, was seiner Frau auffällt und was nicht mehr. Ich komme nicht so spät zurück.

Vom Fenster aus winkt sie ihm nach, und als er um die Ecke biegt, legt sie sich eine zitronenfarbene Strickjacke um die Schultern und folgt ihm. Ihre flachen Absätze klappern. Sie verwünscht sich, hat aber keine Zeit mehr, zurückzugehen und die Schuhe zu wechseln. So läuft sie die gesamte Strecke auf den Fußballen, und nach ein paar Häuserblocks fangen ihre Waden an zu brennen.

Sie folgt Frederick zu einem Restaurant im Hafenviertel. Zwei Fronten sind aus Glas, sodass man den Ausblick auf die Bucht genießen kann. Julia setzt sich mit dem Rücken zum Wasser auf eine Bank. Frederick hat sich dem Oberkellner zugewendet, der einen Blick auf sein Pult wirft und ihn dann zu einem Tisch am Fenster führt.

Frederick bestellt ein Getränk, und ein Junge mit schwarzer Fliege und weißer Schürze bringt ihm ein sehr hohes Glas. Es sieht nach einem doppelten Bourbon aus. Er ist nervös, denkt Julia. Sie möchte lachen, kann es aber nicht. Mehrere Minuten verstreichen, fünfzehn, vielleicht zwanzig, und Frederick ist noch immer allein. Mit dem Zeigefinger schnipst er gegen die kurzen Quasten, die von dem winzigen Lampenschirm über der Mitte des Tisches baumeln. Er beugt sich hierhin und dorthin, als wolle er sich den Anschein geben, zu der Gruppe an den beiden Nachbartischen zu gehören. Einen Augenblick lang stützt er den Kopf in die Hände, bis er merkt, wie verzweifelt das wirkt.

Jämmerlich, denkt Julia.

Er lehnt sich zurück, sodass die Vorderbeine seines Stuhls sich vom Boden heben. Er ist sich bewusst, dass er allein ist. Beth und er gehen nicht sehr oft gemeinsam aus. Er überlegt, ob er aufbrechen soll. Aber Frederick ist zu höflich, sogar dann, wenn er seine Frau betrügt. Das ist der Eindruck, den er von seinem Charakter hat, er kennt sich gut und ist von sich angewidert. Er hat das Gefühl, als setze seine Persönlichkeit – ja, sein Leben – sich aus Bytes zusammen, die er in- und auswendig kennt und stets nur wiederholt. Er wünscht sich, er wäre ein anderer Mann. Er stellt sich Julia zu Hause vor, und alles erscheint ihm so komisch: zwei Menschen, die sich die größte Mühe geben, einander etwas Unsinniges anzutun. Früher hätten sie gar nicht gewusst, wie sie das anstellen sollten.

Julia rutscht an die Kante der Sitzbank, als wolle sie ihm in einer Notsituation zu Hilfe eilen, und für einen Augenblick sind ihr die Umstände ganz entfallen. Vielleicht irre ich mich ja, denkt sie. Das mit seinen Haaren hätte ich nicht sagen sollen. Ich hätte es niemals sagen dürfen. Ich hätte ihn fragen sollen, wohin er geht. Ich habe ihn nicht einmal danach gefragt. Als sie erkennt, dass sie nicht zu ihm kann, dämmert ihr zum ersten Mal, dass sie ihrem Mann nachspioniert.

Julia erblickt eine Frau, die an der Kasse steht. Sie steuert auf Fredericks Tisch zu, aber er sieht sie nicht. An einem anderen Tisch erheben sich die Leute und verstellen ihr den Weg. Julia lächelt. Diese blasse Frau, die geduldig mitten in einem Restaurant steht, als warte sie darauf, dass sich die Beleuchtung ändert, kann nicht Fredericks Geliebte sein. Sie ist zu unscheinbar, um irgendjemandes Geliebte zu sein. Sie ist ganz in Grau gekleidet – grauer Rock und kurze graue Jacke, beides zu warm für diese Jahreszeit. Ihre weiße Bluse hat eine von diesen gebauschten Schleifen am Kragen, die Julia verabscheut. Sie hat etwas entschieden Robustes, und sie tut Julia leid, die sich ausmalt, dass sie arbeitsam, unverheiratet und kinderlos ist.

Doch da steht Frederick auf, lächelt und küsst sie aufs Ohr. Dort verweilt sein Mund. Was sagt er? Julias Lippen formen eine Frage, dann formen sie den Namen ihres Mannes und wiederholen ihn. Etwas ist eingerastet und stehen geblieben, wie die Zeiger einer Uhr, die sich verklemmt haben.

Also ist es wahr, denkt sie. Was jetzt?

Die Frau erklärt etwas. Sie gestikuliert mit den Händen. Julia nimmt an, dass sie erklärt, weshalb sie sich verspätet hat. Mit der Handfläche berührt sie Fredericks Wange. Sie geht um den Tisch herum, um sich zu setzen, wobei sie ihren Hintern zwischen zwei Stuhllehnen hindurchquetscht. Als Frederick ihr aus der grauen Jacke hilft, schiebt die Frau ihre Brüste vor. Julia erbleicht angesichts ihrer Üppigkeit.

Frederick und Beth plaudern, gelegentlich berühren sie einander. Wenn sie von ihrem Wein trinken, stoßen sie an. Worauf?, fragt sich Julia. Gibt er etwas Poetisches von sich? Etwas Vulgäres? Etwas Verheißungsvolles? Wenn sie essen, schenken sie, anders als Leute, die einander nicht genug zu sagen haben, den Gerichten nicht ihre volle Aufmerksamkeit. Und doch, denkt Julia, kann es nicht um Sex gehen, und sie kann nicht glauben, dass es Liebe ist. Natürlich spielt auch Sex eine Rolle, muss er ja wohl. Guter Sex. Immer sind es diese trägen, an etwas Bleiernes erinnernden Frauen, die voller Überraschungen stecken. Aber sie kann nicht verstehen, weshalb die Frau nicht jünger ist oder hübscher. Frederick dagegen sieht gut aus. Sie empfindet eine Regung für ihn, die sie schockiert. Frederick fährt sich durchs Haar und denkt – Julia weiß es –, dass es schütter wird. Sie ist von einer überraschenden Mischung aus Mitleid und Genugtuung darüber erfüllt, dass sie ihn vor seiner Geliebten befangen gemacht hat.

Frederick lacht. Alle beide lachen. Was zum Teufel ist so lustig? Plötzlich will Julia, dass er zu Hause ist und mit ihr lacht. Ihr Haus mit lautem, unbezähmbarem Gelächter erfüllt. Auf ihrer Bettkante sitzt, sich die Krawatte lockert und wegen etwas, irgendetwas, in sich hineinlacht. Julia fängt an zu weinen. Die großen Panoramafenster, die bunten Kleider drinnen und die kleinen Lampen mit den Quasten verschwimmen ihr vor den Augen. Frederick ist wie ein Fremder, den sie unbedingt kennenlernen möchte.

Frederick und Beth lassen Dessert und Kaffee aus, und als Julia aufschaut, ist ihr Tisch verlassen. Die beiden könnten einen Spaziergang auf der Promenade machen, vermutet sie und drückt, wie um sich dahinter zu verstecken, ihre Strickjacke und ihre Handtasche fester an die Brust. Aber sie begleichen nur die Rechnung.

Aus der Gesäßtasche seiner Hose holt Frederick sein Portemonnaie hervor. Sein Anblick, wie er den Ellbogen anwinkelt und mit einem Arm hinter sich greift, ist Julia ebenso vertraut wie der Geruch, den er jeden Abend mit sich nach Hause trägt. Seine ganz eigene Geruchsmischung: Schweiß, Deodorant, Kohlenmonoxid, Kaffee, seine Arbeit, der Barbesuch nach Feierabend, andere Leute, mit denen er verkehrt. Manchmal stellt er sich nach der Arbeit unter die Dusche, und von der Küche aus kann Julia hören, wie über ihr das Wasser läuft. Sie erinnert sich an das Geräusch, als wäre es eine Erinnerung an einen Menschen, der aus ihrem Leben getreten ist. Sie erinnert sich an ihren Mann – sauber, feucht und erhitzt von der heißen Dusche; der Dampf steigt in Schwaden aus der geöffneten Badezimmertür. Sie sieht sein Handtuch vor sich, das er um die Hüfte geknotet hat, den weichen Wirbel dunklen Haars auf seinem Bauch. Sie hört, wie er über ihr barfuß den Flur entlanggeht und mit seinem eigenen Vorrat an Seelenqualen zu kämpfen hat. Woran denkt er, während er sich anzieht? Wenn er ihre Fläschchen auf dem Toilettentisch betrachtet und ihre über die Korbstuhllehne geworfenen Kleider? Was denkt er, wenn er in den Spiegel schaut, wenn er die Treppe herunterkommt, um sich zu ihr zu setzen, oder wenn ihm das erste Aroma des Abendessens in die Nase steigt? Sie nimmt sich vor, ihn zu fragen. Frederick zahlt die Rechnung und winkt ab, als der Kellner ihm herausgeben will. Großzügig war er schon immer, denkt sie.

Sie überqueren die Hauptstraße und gehen nicht zu Fredericks und Julias Haus, sondern in die entgegengesetzte Richtung. Als Beth stehen bleibt und sich vorbeugt, um eine erleuchtete Schaufensterauslage zu betrachten, sieht Frederick auf seine Armbanduhr, und Julia verflucht ihn. Als Beth sich wieder aufrichtet, ist er überschwänglich, lacht immer noch, redet, legt ihr hin und wieder die Hand auf den Arm und neigt sich dicht zu ihr, um zu verstehen, was sie sagt. Sie deutet auf ein anderes Schaufenster, und sie lachen alle beide. Als Julia an dem selben Schaufenster vorbeikommt, kann sie sich nicht vorstellen, was daran so lustig gewesen sein soll.

Sie erreichen Beths Wohnhaus, und Julia begreift, dass sie weiter nicht gehen kann und dass der Lohn für all ihre Mühe darin besteht, ihrem Mann dabei zuzusehen, wie er die Treppe zum Schlafzimmer einer anderen Frau hinaufsteigt. Doch als Beth ihre Schlüssel hervorholt, legt Frederick seine Hand darauf und küsst sie auf die Wange. Er denkt, was für ein Feigling er ist.

Heute Abend nicht, sagt er.

Er sagt ihr, dass es schon spät ist und er morgen früh aus dem Bett muss, und sie wirft ihm vor, einfach nicht zu wollen. Sag's doch gleich, bittet sie ihn.

Er senkt den Kopf und schüttelt ihn verneinend, und sie versucht es noch einmal, indem sie den Zeigefinger unter sein Kinn legt und es anhebt.

Doch er denkt nur daran, wie unglücklich er ist, und fragt sich immer noch: Warum bin ich hier? Sie wiederholt seinen Namen, einmal verführerisch, ein zweites Mal flehend. Er wirft ihr nur einen traurigen Blick zu und sagt mit einer Stimme, die sie kaum hören kann: Heute Abend eben nicht.

Als sie die Treppe hinaufsteigt, denkt Beth: Er wird mich verlassen. Sie weiß es, noch bevor Frederick es sich eingestanden hat, und ganz sicher, bevor er es ihr gesteht. Ich habe dafür gesorgt, dass er sich schmutzig fühlt, denkt sie, und er wird mich verlassen.

Julia sieht zu, wie ihr Mann sich von dem erleuchteten Treppenhaus mit der Glastür entfernt, und erinnert sich daran, wie sie im Frühling vergangener Jahre nachts immer spazieren gegangen waren. Wie sie sich in Cafés und Kinos herumgedrückt oder zugeschaut hatten, wie die Schiffe im Hafen anlegten. Einige Schiffe kannten sie – beide hatten sie ihre Lieblinge – und begrüßten sie wie alte Bekannte. Sie standen am Rand des Anlegeplatzes, deuteten auf Schiffe und Vögel und auf sonderbare Fremde, die ihnen ins Auge fielen. Gingen gemeinsam nach Hause.

Frederick bleibt stehen und lehnt sich an eine Hauswand, mit dem Kopf berührt er die Mauer, die sich im Lauf des Abends abgekühlt hat. Wieder schaut er auf die Uhr, und selbst die unwillkommene Dankbarkeit, die Julia empfunden hat, verliert sich. Er glaubt, doch noch genügend Zeit zu haben, sagt sie zu sich selbst. Aber in Wirklichkeit denkt er, dass er nicht nach Hause gehen kann. Ich bin ein Feigling, denkt er, und ich rieche nach Lügen. Meine Frau wird mich beobachten, oder sie wird mich ignorieren, und beides könnte ich nicht verkraften.

Er läuft drei, vier Häuserblocks weiter, bevor er in eine Bar geht. Julia ist erschüttert. Obwohl sie es ist, die ihn in die Falle gelockt hat, hat sie das Gefühl, dass es sich genau umgekehrt verhält. Denn jetzt muss sie entweder handeln oder nach Hause gehen und auf seine

Rückkehr warten. Sie tritt ans Fenster der Bar. Sie stellt sich auf die Zehenspitzen, damit sie zwischen den Neonlettern hineinspähen kann. An kleinen runden Tischen sitzen grüppchenweise schlaksige junge Paare. Alte Männer mit Knollennase, die entweder zu dick sind oder zu dünn, sitzen für sich. Im Fernsehen läuft ein Boxkampf. Hinter der Theke bewegt sich ein Mann mittleren Alters in einem Hemd mit offenem Kragen hin und her. Julia sieht das Profil ihres Mannes, dasselbe, das sie schon den ganzen Abend über gesehen hat. Er schluckt, dann füllt er seine Wangen mit Luft, sodass sie sich aufblähen, und atmet langsam aus. Er bestellt eine Flasche Bier und stützt wie zuvor den Kopf in die Hände, nur dass er ihn diesmal dort ruhen lässt.

Als Julia eintritt, hebt Frederick den Kopf und wendet sich in der Erwartung, Beth zu sehen, auf seinem Drehhocker der quietschenden Tür zu. Kaum wahrnehmbar durchläuft ihn ein Schauder des Entsetzens. Und dann bemächtigt sich seiner ein Gefühl der Traurigkeit. Es ist dieselbe Traurigkeit, die nach jener ersten Nacht von ihm abgefallen war, nur dass er sich von ihrer Rückkehr jetzt getröstet fühlt. Er schaut seine Frau an und presst den Handteller auf den leeren Barhocker neben sich.

GLÜHWÜRMCHEN

Noch ehe mir etwas Sonderbares an meiner Mutter auffiel, fiel mir Mr Schiller auf. Er besuchte uns immer in der Jasper Street, und in jenem Sommer waren sie geradezu unzertrennlich. Ein Sommer, der mir wegen seiner Geräusche in Erinnerung geblieben ist. Das Klirren eines Glases auf einem Tisch, gefolgt von hilflosem schallendem Gelächter. Handteller, die auf den Tisch klatschen wie Ausrufezeichen der Heiterkeit. Musik. Einschläferndes Zeug, wie man es in einer Cocktailbar hört und bei dem man nicht erkennen kann, ob es sich um einen Sänger oder eine Sängerin handelt. Das spätnachts und begleitet von Gelächter anderer Art. Weicher, in kleinen Wellen, nicht in einem Schwall. Als wäre das Gelächter selbst ein Gespräch. Gelegentlich ein Stolpern, dann ein leises Krachen, gewöhnlich von erneutem Gekicher begleitet oder, seltener, von besorgtem Gurren.

Was mir an Mr Schiller auffiel, waren seine Hände. Sie waren groß und fleischig, schienen überhaupt keine Adern zu haben und zitterten immerzu. Wenn er eine Tasse Kaffee anhob oder eine Zigarette rauchte oder sich Bourbon einschenkte. Anfangs schrieb ich es den seltsamen Eigenheiten der Erwachsenen zu. Ich nahm an, dass Mr Schiller einfach nur nervös war. Vielleicht liebte er meine

Mutter und war nicht sicher, ob sie ihn wiederliebte. Oder vielleicht hatte er Angst, mein Dad könnte nach Hause kommen, ihn dort antreffen und ihn verprügeln. Manchmal fürchtete ich mich selbst ein bisschen davor, obwohl Mr Schiller ein großer Mann war. Oder es handelte sich um eine Art Krampf, vielleicht war ihm ja auch nur kalt, obwohl es, wie gesagt, Sommer war. Alles einleuchtende Gründe. Eines Morgens aber merkte ich, dass Mr Schiller ein Trinker war und seine Hände deswegen zitterten.

Ich saß gerade in der Küche und schaute mir Zeichentrickfilme an, als er ins Haus kam.

Johnny, sagte er.

Hi, sagte ich, ohne ihn anzusehen.

Wo ist deine Mutter?

Noch im Bett.

Noch im Bett, was? Faule Trine. He he, versuchte er zu lachen, aber das Lachen blieb ihm in der Kehle stecken.

Er setzte sich neben mich, und sein Atem war eine Mischung aus Zahnpasta und Alkohol. Ich musste an einen Jungen aus meiner Klasse denken. Er kam aus »keinem guten Stall«, wie meine Mutter meinte, und jeder wusste, dass sein Vater trank. Wenn er Kevin morgens mit seinem großen alten Buick zur Schule brachte, konnte man es meterweit riechen. Schwindelerregende, schale, gärende Ausdünstungen, vermischt mit etwas Sterilem. Vielleicht Mundwasser. Der gleiche Geruch, den Mr Schiller verströmte. Ein Geruch, den ich an meiner Mutter noch nie bemerkt hatte. Und darum wusste ich, dass sie anders war als er.

Ich begann, nach weiteren Unterscheidungsmerkmalen zu suchen.

Zunächst einmal war er ein Mann. Und soweit ich wusste, waren nur Männer Trinker. Ich hatte noch nie eine Frau an der Mauer gesehen. Die Mauer stand in der Hanneman Street, eine alte Ziegelmauer, die sich auf einer Seite der Straße ohne Unterbrechung drei Wohnblocks weit hinzog. Dort versammelten sie sich, oder vielleicht wohnten sie auch direkt auf dem Gehsteig. Sie saßen nicht wie normale Leute da, das war das Erste, was einem auffiel. So wie sie sich mit dem Rücken gegen die Ziegelsteine lehnten, wie sie die Beine spreizten und die Köpfe zur Seite hängen ließen.

Einmal ging ich mit meinem Vater die Hanneman Street entlang, ich weiß nicht mehr, wohin. Er hielt meine Hand. Mit dem Kopf deutete er auf die leeren Flaschen, die auf dem Boden lagen, auf die noch halb vollen, die die Männer zwischen ihre Beine gestellt hatten.

Methanol, sagte er leise. Lebensgefährliches Zeug. Genauso gut könnten sie Feuerzeugbenzin trinken.

Ich nickte feierlich. Zwar verstand ich nicht ganz, aber mir fiel doch auf, dass es keine Frauen gab, die dieses Methanol tranken. Was ich sogar damals schon als Erleichterung empfand, selbst wenn bei uns alles noch in Ordnung war. Ich hätte mir Sorgen um sie gemacht, dort draußen zwischen den raubeinigen Männern und den sonderbaren

Flecken auf dem Gehsteig, bei denen es sich meiner Ansicht nach nur um Blut handeln konnte.

Auch im Fernsehen sah man nie betrunkene Frauen. Nur Männer, die lallend umherwankten. Ich wusste nicht, ob es Schauspieler waren oder betrunkene Schauspieler oder ob man echte Betrunkene anheuerte, aber dass es Männer waren, das konnte ich sehen. Und während sie mir alle wie übertriebene Ausgaben von Mr Schiller vorkamen, wiesen sie keinerlei Ähnlichkeit mit meiner Mutter auf.

Es lag an meinem Vater, dass es so schlimm um uns stand. Die Art, wie er weggegangen war, ohne uns zu sagen, wohin oder dass es für immer sei. So saßen wir da und warteten. Ich fühlte mich an einen Film erinnert, den ich einmal gesehen hatte und in dem zwei Polizisten darauf warten, dass der Typ, den sie festgenommen haben, aus dem Badezimmer kommt. Er braucht ewig, aber sie sitzen da wie Pappnasen, bis ihnen endlich einfällt, nachzuschauen, und natürlich ist er aus dem Fenster gesprungen. Die Vorhänge flattern bedeutungsvoll. Ich kann mich noch an ihren Gesichtsausdruck erinnern – es war eine Komödie –: sprachlos und begriffsstutzig. Sie fangen an, sich gegenseitig mit den Sportseiten der Zeitung auf den Kopf zu schlagen.

Dad schickte uns Geld, allerdings aus allen möglichen Orten. Die Poststempel auf den Umschlägen waren nie dieselben, und ich schnitt sie aus und bewahrte sie auf, so wie andere Kinder Briefmarken sammeln oder die Ansichtskarten aufbewahren, die ihre Eltern ihnen aus den Ferien schicken. Ich stellte mir vor, dass er irgendwo Ferien machte oder vielleicht arbeitete und dass er, wenn er zurückkäme, beeindruckt und gerührt davon wäre, wie präzise ich seine Bewegungen verfolgt hatte, genau wie das FBI, das Nadeln in eine Landkarte steckt. So hielt ich es, bis meine Mutter die Poststempel in meinem Zimmer fand und sie wegwarf. Mehr als einmal sagte sie: Ich kann es nicht glauben, und sah auf die kleinen Vierecke in ihrer Hand, als seien sie Bruchstücke einer kostbaren Habe.

Zuerst waren es nur Abende. Sie zog ihr rotes Kleid an, rauchte eine Zigarette und wartete darauf, dass Mr Schiller kam. Manchmal machte sie sich einen Drink, dann schwenkte sie behutsam die Eiswürfel im Glas, saß mit übereinandergeschlagenen Beinen da und ließ den Fuß im Gleichtakt zur Bewegung der Eiswürfel kreisen. Sie sah dann fast wie ein Filmstar aus, und ich wünschte, er würde niemals kommen. Ich wünschte, wir würden den ganzen Abend einfach nur im Wohnzimmer sitzen, meine Mutter schick angezogen und ich neben ihr, wie berühmte Leute, die die Zeit totschlagen und auf eine Art unbedeutend tun, wie nur bedeutende Menschen es können.

Du wirst doch klarkommen, Johnny, nicht wahr?, fragte sie immer. Du hast doch nichts dagegen, dass ich mich mit Mr Schiller treffe? Er ist ein sehr netter Mann, weißt du.

Ich nickte immer nur oder schüttelte den Kopf. Ja, ich würde klarkommen. Nein, ich hatte nichts dagegen. Dann wieder ja, er war ein netter Mann. Ich erriet, dass sie das Gefühl hatte, keine große Auswahl mehr zu haben, und mehr als alles andere bedauerte ich sie und schämte mich für uns beide, aus Gründen, die ich nicht recht zu deuten wusste. Aber ich spürte, dass in unserem Leben etwas schiefgegangen war, dass ein Element der Traurigkeit eingedrungen war, dem wir offenbar nichts entgegenzusetzen hatten.

Wenn er kam, mixte sie für sie beide einen Cocktail, bevor sie ausgingen, und während sie in der Küche hantierte, versuchte Mr Schiller, ein Gespräch über Baseball mit mir anzufangen. Ich mochte nur die Red Sox und interessierte mich für das Schicksal anderer Mannschaften höchstens insoweit, als es meine eigene in Boston berührte. Ansonsten scherte ich mich nicht sonderlich darum, und was immer sonst mit ihm los sein mochte, er war kein Mensch, mit dem ich mich über die Red Sox austauschen wollte. Also nickte ich wieder stumm. Ja, die Phillies hatten eine Glückssträhne. Nein, die Dodgers hätten Rodriguez niemals verkaufen dürfen. Ja, die AL East gingen vor die Hunde.

Schließlich brachen die beiden zu einem Restaurant oder einer Bar auf, und irgendwann nach Mitternacht brachte er sie wieder nach Hause. Von meinem Schlafzimmer aus konnte ich hören, dass meine Mutter noch eine Weile aufblieb – das Klicken ihres Feuerzeugs, die Art, wie ihre Schuhe zu Boden fielen, wenn sie die Füße auf den Couchtisch legte, mehr Eiswürfel im Glas. Geräusche. Aber gegen diese hatte ich nichts einzuwenden, denn es waren die Geräusche meiner Mutter.

Doch es dauerte nicht lange, bis Mr Schiller mit ihr ins Haus kam. Und dann setzten die anderen Geräusche ein. Da es spätnachts war und da ich die beiden nicht sehen konnte, wurden die Bilder, die die Geräusche heraufbeschworen, furchterregend und grotesk. Wenn die langsame Musik spielte, malte ich mir aus, wie die beiden im Wohnzimmer umhertropften, als seien sie aus einer zähen Flüssigkeit gemacht. Dann dachte ich, wie schmal die wiegenden Hüften meiner Mutter waren und wie dick seine Hände, und stellte ihn mir bildhaft als Fleisch vor, sie dagegen nur als Knochen. Die Gläser, die auf die Tischplatte knallten, wurden zu riesigen Abrissbirnen, die die Seitenwände gläserner Wolkenkratzer durchschlugen. Und das Gelächter! Wenn es an Lautstärke zunahm, waren meine Mutter und Mr Schiller groß und hässlich geworden, ihre Gesichtszüge verzerrt wie in Zeitungskarikaturen, die aus den Leuten Witzfiguren machten. War es hingegen weich und milchig, dann löste meine Mutter sich auf.

Nie blieb er über Nacht. Nicht, dass sie nicht miteinander schliefen. Das taten sie schon. Sie wollte nur nicht, dass er über Nacht blieb. Um meinetwillen. Da zog meine Mutter die Grenze. Mehrere Male hörte ich, wie er sie zu überreden versuchte. Stets Variationen über dasselbe Thema.

Vor Tagesanbruch bin ich weg, sagte er dann.
Pff, antwortete sie. Vor Tagesanbruch.
Ich versprech's.
Du bist doch gar nicht imstande, ein Versprechen abzugeben.
Hab ich doch gerade eben.
Eins zu halten, meine ich.
Wie bitte?
Du hast mich gehört, sagte sie nicht unfreundlich.
Komm schon, sagte er, diesmal mit gesenkter Stimme.
Und dann trat Stille ein, während er versuchte, sie zu bezirzen, sie mürbe zu machen, seine Hände unter ihr Kleid zu schieben, mit den Lippen an ihrem Ohr zu knabbern. Und er schien Fortschritte zu machen, denn ich hörte sie kichern oder seufzen, bevor sie, noch bestimmter als zuvor, nein sagte.
Nur das eine Mal. Ich möchte neben dir aufwachen.
Ein solcher Satz brachte meine Mutter zum Lachen.
Dann komm am Morgen, wenn ich noch schlafe, erwiderte sie daraufhin.
Nun sei doch nicht so, sagte er. Ich verspreche, ich mache keinen Pieps.
Dann wieder Schweigen. Diesmal jedoch wies sie ihn zurecht, auf welche Weise auch immer. Vielleicht stieß sie seine Hände von sich oder gab ihm zum Abschied einen flüchtigen Kuss auf die Wange oder küsste ihn leidenschaftlich, aber mit einer Entschiedenheit, die alle Diskussionen beendete. Nach der Stille Stühlerücken, dann nahm

er seinen Mantel aus dem Schrank oder vom Sofa oder vom Fußboden, und sie verabschiedeten sich diverse Male, ihre Worte ein Gesumm, das für die späten Abende bezeichnend war.

Die Abende begannen immer früher, und bald verbrachte Mr Schiller ganze Tage mit meiner Mutter. Trinkend. Zu dieser Zeit wirkte sie geradezu krampfhaft glücklich, und wenn wir uns in der Diele begegneten, küsste sie mich oft und sagte: Johnny, ich liebe dich, du weißt, wie sehr ich dich liebe, nicht wahr? Einmal strich sie mir über die Wange und sagte: Es wird nicht von Dauer sein, Kleiner, keine Bange. Und dann schien es mir, als blicke sie genauso verwirrt drein wie ich.

Obwohl sich Mr Schiller immer öfter in unserem Haus aufhielt, sprachen wir immer seltener miteinander. Meist überbrachte ich ihm Botschaften meiner Mutter. Einige Male schickte sie ihn fort, wenn er eintraf, oder vielmehr: Ich schickte ihn in ihrem Auftrag fort.

Johnny, sagte sie dann, richte ihm aus, heute nicht. Richte ihm aus, er soll morgen vorbeischauen.

Dann bekam ich sie zwar bis abends nicht mehr zu sehen, aber immerhin wusste ich, dass sie mit mir zu Hause bleiben würde. Sie würde sich zu mir setzen und fernsehen. Baseball, Sitcoms oder was immer gerade lief. Offenbar war es ihr einerlei. Sie starrte nur auf den Bildschirm, und wenn ich sie ansah oder mit ihr sprach, wurde sie plötzlich munter und zog die Augenbrauen hoch – die unfreiwillige Parodie eines Menschen, der sehr aufmerksam zuhört.

An anderen Abenden jedoch rief sie ihn an – sie schien stets darüber im Bilde zu sein, wo er sich gerade befand – und ging los, um sich mit ihm zu treffen. Das waren die schlimmsten Zeiten. Wenn sie mit mir zusammensaß und ihr das nicht genügte.

Eines Morgens, als ich mit eigentlich sicher war, dass sie ihn wieder einmal fortschicken würde, tat sie es nicht. Richte ihm aus, dass ich gleich komme, sagte sie.

Sie kam im Bademantel aus ihrem Zimmer, was sie noch nie getan hatte, aber zumindest hatte sie sich die Haare gebürstet, das konnte ich sehen. In der Küche flüsterte sie Mr Schiller ein paar Worte zu, dann sagte sie zu mir: Johnny, würdest du mir wohl einen Gefallen tun? Würde es dir etwas ausmachen, den Rasen zu mähen? Nach kurzem Nachdenken: Nein, du brauchst den Rasen nicht zu mähen. Lass gut sein. Geh einfach eine Weile raus, ja? Es ist so ein schöner Tag.

Ich ging hinaus, setzte mich auf die Stufe vor der Hintertür und beobachtete die beiden durch das Drahtgeflecht des Fliegengitters. Meine Mutter zitterte am ganzen Leib, sie zuckte wie jemand mit einem nervösen Tick. Sie redete mit Mr Schiller, und dieser stand auf, goss eine tabakfarbene Flüssigkeit in ein Glas und wollte es ihr reichen. Aber sie nahm es nicht entgegen. Sie nickte zum Tisch hin, und Mr Schiller stellte den Drink dort ab.

Meine Mutter atmete tief durch, dann hob sie das Glas an. Es zitterte in ihrer Hand, als schüttele sie den Würfelbecher bei einer Partie Parcheesi. Als sei sie kurz davor, ihn umzustülpen und die Würfel herauspurzeln zu lassen. Doch stattdessen trank sie. Ich wandte mich ab und trat hinaus auf den Rasen, denn ich wusste, er hatte ihr etwas Schreckliches angetan, damit sie so würde wie er.

Nachdem meine Mutter sich angezogen hatte, saßen die beiden den ganzen Tag hinter dem Haus, sonnten sich, lachten und tranken Bier aus Flaschen, die sie aus einer Plastikkühlbox nahmen. Als die Dämmerung hereinbrach, machten sie einen Spaziergang um den Block. Der Mond schien hell, es war schwül, Glühwürmchen schossen über den schwarzen Himmel wie Sternschnuppen. Ich machte Jagd auf sie, fing sie in Gläsern ein und schraubte die Deckel zu. Stellte mir vor, es seien Sterne.

Als Mr Schiller und meine Mutter zurückkamen, sagte sie: Johnny, hast du den Mond gesehen?

Ihre Augen hatten einen Glanz, der zu dem dünnen Schweißfilm auf seiner Stirn passte.

Wie könnte ich den *Mond* übersehen?, fragte ich.

Sei nicht so hochnäsig, erwiderte sie.

Sie gingen ins Haus, und von einem unsichtbaren Ort drangen ihre leisen Stimmen zu mir heraus. Das Licht aus der Küche sickerte durch das engmaschige Fliegengitter und mischte sich mit ihren Worten, und alles wurde zu einem feinen Niesel um mich her.

Nach einer Weile rief meine Mutter nach mir. Johnny, was treibst du da draußen?

Ich fange Glühwürmchen, antwortete ich.

Glühwürmchen!, rief Mr Schiller. Das müssen wir sehen.

Und sie kamen zur Tür herausgestolpert, die Flüssigkeit in ihren Gläsern funkelte im Mondlicht, beide schwankten leicht und blinzelten angestrengt zu den Marmeladengläsern herüber, die ich auf der Treppe aufgereiht hatte.

Mr Schiller wippte auf den Absätzen, eine Hand hatte er in seiner Tasche vergraben, mit der anderen drückte er fest das Glas an die Brust. Meine Mutter hatte die verschränkten Arme um die Taille ihres leichten Sommerkleids gelegt und blickte von den Marmeladengläsern zu Mr Schiller, dann zu mir und wieder zu den Gläsern. Sie schienen darauf zu warten, dass ich irgendetwas von mir gab. Über Flugmuster oder Begattungsverhalten oder Lebensspannen.

Schließlich sagte Mr Schiller: Nun, Johnny, was hast du mit ihnen vor? Mit der Hand, in der er das Glas hielt, deutete er auf die Treppe.

Ich will sie mir nur mal anschauen, sagte ich. Dann lasse ich sie wieder frei.

Hm, grunzte er. Klingt nicht gerade nach einem Heidenspaß. Als ich in deinem Alter war –

Komm schon, sagte meine Mutter leise. Lass ihn in Frieden.

Mr Schiller blickte sie an und zuckte mit den Schultern, dann wandte er sich wieder zur Küchentür und steuerte in Schlangenlinien darauf zu. Meine Mutter, die noch immer die Arme um die Taille verschränkt hatte, drehte sich im Stehen sanft wie zu einer Musik. Sie hatte den Kopf gesenkt und zur Seite geneigt, und ihre Augen verfolgten die Glühwürmchen, die aus dem ersten Marmeladenglas emporschwebten, jedes Licht in seiner eigenen Ellipse.

Ich schraubte einen Marmeladenglasdeckel nach dem anderen auf, und wir beobachteten, wie die Funken spiralförmig in den Himmel aufstiegen – ein umgekehrter Strudel. Jeder Schwarm zerstob, bis er keinen erkennbaren Haufen mehr bildete. Es war vollkommen still, bis auf das Geräusch, das entsteht, wenn Glasgewinde und Metall sich voneinander lösen. Und jedes Mal, wenn ich ein neues Glas öffnete, hob meine Mutter die Augen zum Himmel, und auf ihrem Gesicht stand ein starres, fast erhabenes Lächeln.

Als ich das letzte Glas geleert hatte, blickten wir beide hinauf ins Dunkel. Ich spürte, wie sie neben mir atmete und sich erneut in den schmalen Hüften wiegte. Ich hatte Angst, sie anzusehen, Angst, sie zu verlieren, falls ich es tat. Doch obwohl ich so reglos stehen blieb, wie ich nur konnte, berührte sie meinen Arm und ging, ohne ein Wort zu sagen, wieder ins Haus.

SIE FUNKTIONIEREN BLOSS NICHT

Maevis ist schon seit Jahren tot. Frank erst seit Kurzem. Von Matt weiß man nach all der Zeit noch immer nichts.

Es dämmert. Zu dieser Stunde ist alles rosa und gelb und fühlt sich kühl an. Sehen kann man die Sonne noch nicht, aber man spürt sie schon, ihr Strahlenkranz verleiht den Schindeldächern einen Heiligenschein. Unten auf den breiten Asphaltstraßen Bäckereiwagen, Zeitungsjungen und das Gepolter eines Müllfahrzeugs, an dessen Heck mit einer Hand ein Mann in gestreiftem Khaki hängt. Um zehn Uhr werden die Straßen, die Strände und die Uferpromenaden wie Ameisenhügel wimmeln, werden durcheinanderkrabbelnde Menschenmassen sämtliche Flächen der Stadt bedecken, als sei sie eine Süßigkeit.

Rita ist traurig, aber nicht schockiert. Zeit verstreicht. Menschen sterben. Wenn wir Glück haben, schließen wir Frieden mit unseren Kindern, bevor wir davongehen. Oder bevor sie davongehen. Solcherart sind ihre Gedanken. Sie trauert, aber nicht so, wie sie um Altersgenossen getrauert hat, die unerwartet gestorben sind. Eine abgeschnittene Zukunft. Eine weite, buntgetüpfelte Aussicht, plötzlich schwarz verfärbt. Auch nicht so, wie sie um Matt getrauert hat: dieses Gefühl, ihr Sohn werde langsam von ihr weggesogen, so als wäre er in einen Menschenauflauf geraten und würde mit vor Angst aufgerissenen Augen weiter und weiter davongetragen, während sie die ausgestreckten Hände nur noch in die Luft krallen konnte, die zwischen ihnen lag. Franks Tod ist anders. Sie fühlt sich nicht um ihn betrogen. Ihr Vater war alt, und gegen Ende musste er leiden, genau wie Maevis, sodass sein Tod einer geballten Faust glich, die sich öffnete, um ihn loszulassen, und nicht einem Räuber, der ihr erbarmungslos eine Habe entriss.

Rita öffnet das Sturmtor und geht an der Seite des Hauses entlang. An dessen gesamter Länge verläuft ein niedriges weißes Holzgitter, das sie unerklärlicherweise stets an Zuckerwerk erinnert hat. Sie kommt an dem verblichenen orangefarbenen Shuffleboard-Platz vorbei, dessen blasse gleichschenkelige Dreiecke einander gegenüberliegen. Sie kann sich noch an die terracottafarbenen und schwarzen Scheiben erinnern, die an Sommerabenden über den Zement der Spielbahn schossen, obwohl Shuffleboard wegen seiner Gleichförmigkeit und seiner beschränkten Anforderungen kein Spiel war, bei dem irgendjemand lange verweilt hätte. Schon als Kind hatte sie den Eindruck gehabt, es gehöre einer früheren, geduldigeren Epoche an.

Sie öffnet das altersschwache Vorhängeschloss und betritt den feuchtkalten Keller, der sich wie ein Wasserfleck unter dem Haus von Maevis und Frank ausbreitet. In ihrer gesteppten Umhängetasche hat sie eine Rolle schwarzer Müllsäcke, ein Putensandwich, eine Thermosflasche mit Eistee und einen Plastikbecher Krautsalat, den sie gestern bei Wynn Dixie gekauft hat. Sie hat sich ein Tuch um den Kopf gebunden und trägt ein Oxford-Männerhemd mit aufgekrempelten Ärmeln, eine alte Jeans und weiße Segelschuhe. Sie sieht aus wie eine frisch verheiratete Frau aus den fünfziger Jahren, die zu einem Picknick unterwegs ist.

Rita ist Einzelkind. Aber von ihr gibt es hier unten eigentlich nichts. Der weitläufige feuchte Keller unter ihrem Haus enthält die Überbleibsel ihres Lebens und des Lebens ihrer Kinder und sogar ein paar Habseligkeiten von Bobby, die zu entsorgen sie sich nach der Scheidung nicht die Mühe gemacht hatte. Matts Briefe sind dort. Er schrieb jede Woche und dann, einfach so, gar nicht mehr. Aber so war das damals eben.

Also sind hier nur Frank und Maevis, die in jeder Ecke und hinter jedem Pfeiler lauern. Rita befingert alte Zeitschriften und Kissen, Schallplattenalben und zusammengerollte Diplome. Und jedes Mal, wenn sie etwas in die Hand nimmt, scheinen ihre Eltern darunter hervorzukrabbeln. Wie Insekten unter einem angehobenen Stein.

Es gibt Kisten um Kisten mit Büchern. Romane von Sydney Sheldon, Taylor Caldwell und Ian Fleming. Maevis war eine leidenschaftliche Leserin gewesen, bevor ihre Augen ihr den Dienst versagten. Nachmittags, wenn die Luft winterstill war und Frank sein Nickerchen machte oder in seinem eigenen Zimmer Patiencen legte, lag sie immer auf ihrem Bett und las.

Irgendwann konnte sie nicht mehr lesen. Sie musste die Augen enorm anstrengen, um die gedruckten Buchstaben entziffern zu können, und benutzte zunächst eine Vergrößerungsbrille, doch dann sagte sie, sie könne sich an das Gelesene ohnehin nicht erinnern, wozu das Ganze also? Zu jedem Geburtstag, jedem Weihnachtsfest und jedem Muttertag schenkte Rita ihr in dem Glauben, dass sie die letzte verlegt habe, eine neue Vergrößerungsbrille. Nie erwähnte sie, dass dies die soundsovielte Brille sei, die sie ihrer Mutter geschenkt habe, wo in aller Welt sie die nur alle versteckt hätte? Schließlich aber, nachdem sie etliche Brillen freundlich entgegengenommen hatte, sagte Maevis: Verflixt, ich kann mich an nichts mehr erinnern, weißt du, ich kann einfach nichts mehr behalten!

Solcherart getadelt, hatte Rita die Bücher aus den Regalen im Wandschrank geräumt und sie, in Kartons verpackt, unten im Keller abgestellt. Weshalb sie sie nicht der Bibliothek vermacht oder dem Antiquariat verkauft hatte, wusste sie selbst nicht. Jetzt schiebt sie die Kartons in eine Ecke und schaut die Umschläge an, die vollbusigen Frauen und die revolverschwingenden Männer, die mit matten Augen zurückschauen wie Waisenkinder.

An der gegenüberliegenden Wand erstreckt sich Franks Werkzeugbank. Kleine Plastikkisten mit Nägeln, Reißzwecken, Dübeln, Steckern, Stiften, Nieten und Schrauben verschiedener Länge. Ein Mikrokosmos, der der akribischen Natur ihres Vaters entsprach und der Ordnung, die er seinem und Maevis' Leben erfolgreich aufgezwungen hatte. Kästchen um Kästchen betastet sie den Inhalt, so wie sie im Kindergarten mit verbundenen Augen Gegenstände berührt hatte, um deren Eigenart zu erraten. Watte. Glasperlen. Blütenblätter. Lektionen über die Beschaffenheit verschiedener Materialien. Damals empfand sie dieselbe Sinnlichkeit, dieselbe undeutliche Gefahr, die sie jetzt empfindet, da sie die Hände in die Spitzen, die Flachköpfe, das kalte Metall des kleinteiligen Lebens ihres Vaters taucht.

Was soll sie damit anfangen? Etwas in ihr sträubt sich dagegen, gewisse Dinge wegzuwerfen. Herde und Sofas, aus irgendeinem Grund Schuhe – und jetzt Nägel. In Kriegszeiten hätte sie sie zu einem zentralen Depot bringen und einschmelzen lassen können. Junge Frauen, Kinder, alte Menschen und männerlose Ehefrauen, die um ein Feuer mit einem riesigen Kessel stehen, in den sie ihre Gaben werfen. Alle mit stolzgeschwellter Brust. Frank hätte es gefallen, wie seine winzigen Metallstückchen sich in Kanonenfutter für die gerechte Sache verwandeln.

Dann gibt es da ein großes Luftbild von Cape May. Das Meer darauf ist von einem tiefen Lila – dasselbe Meer, das ihr stets blau oder grün erschienen war. Kleine Wolken werfen Schatten auf die seltsame rosa Landmasse; der blauweiße Streifen Wasser, in dem sie geschwommen war, jetzt hat er nur die Breite eines Fadens. So waren Luftbilder nun einmal, Negative auch. Sie ließen einen erkennen, wie begrenzt die eigene Perspektive war, wie viele andere Möglichkeiten es gab, Dinge wahrzunehmen. Wie leicht man sich ein X für ein U vormachen ließ. Für sie bestand Cape May aus gebleichten Dünen, betonierten Fußwegen und den Sandsteingebäuden der Bundesbehörden. Aus der lächerlichen weißen Bademütze ihrer Mutter mit den angehefteten Plastikblumen. Aus dem einteiligen Badeanzug ihres Vaters – gestreiftes Muskelshirt und gegürtete Shorts –, peinlich in seiner Sittsamkeit. Aus ihrem eigenen flachsblonden Ich. Keine Spur von Rosa oder Lila.

Cape May, wo sie zu dritt in den Wellen herumgetollt waren, später zu fünft, und dann nur noch zu viert. Wo Bobby und sie an Winterwochenenden hingefahren waren, wo sie im Fisherman's Inn Fischsuppe gegessen, Grog getrunken und von ihren Hotelfenstern aus die Brandung beobachtet hatten, halb angezogen und glücklich. Wo ihr nie etwas Trauriges widerfahren war. Sie legt das Foto beiseite, weil sie es behalten will. Sie wird es in ihrer Küche aufhängen, es mit einem Magneten am Kühlschrank befestigen, selbst wenn es sich bei der Aufnahme ebenso gut um den Mars handeln könnte.

Es gibt Reihen mit Schuhkartons voller Briefe; auf der Seite ist mit schwarzem Edding das jeweilige Jahr vermerkt. Maevis hatte jeden Brief aufgehoben, den Rita schrieb; sie weiß das, weil Maevis sich voller Stolz Archivarin genannt hatte.

Sie findet das Jahr, als die Probleme mit Bobby begannen. Beziehungsweise als ihr bewusst wurde, dass es Probleme gab. Die Sprache, die sie in diesen Briefen verwendet, in Halbwahrheiten gekleidet, treibt ihr die Röte ins Gesicht. Bobby war fort: *ist auf Stellensuche unten im Süden*. Bobby *muss mehr Zeit auswärts verbringen*. Bobby hat sich eine Wohnung genommen, *die näher an der Bau-*

stelle liegt. Bobby kommt bald nach Hause. *Es ist nur vorübergehend.*

Warum hatte sie ihnen nicht einfach gesagt: Bobby verlässt mich? Jetzt kommt es ihr so albern vor – es war schließlich für immer, welchen Unterschied machten da ein paar Wochen früher oder später? Aber sie wollte es ihnen persönlich mitteilen. Und das tat sie auch, als sie Maevis und Frank wie in jedem Sommer besuchte. Die Zeit, in der sie alle zusammen sind, macht sich durch eine Lücke in der Korrespondenz bemerkbar, und als diese wiederaufgenommen wird, überwiegt eine hassenswerte neue Aufrichtigkeit. Ja, Bobby lebt noch immer mit der Frau zusammen, schreibt sie. Ja, es scheint endgültig zu sein. Ja, ich habe einen guten Anwalt.

Oh, hätte sie nur in jener Lücke weiterleben können – in jenem dunklen, stillen Tunnel ihres Beisammenseins – an jenem Ort, wo es, weil es nicht auf Papier geschah, überhaupt nicht zu geschehen schien. Aber es war geschehen. Zwei drückend heiße Wochen lang hatte sie auf Liegestühlen gesessen, auf Sofas und hohen Küchenhockern, und sich erklärt. Diese Zeit ist ihr so deutlich in Erinnerung: die Überraschung, die Tränen, das vorherrschende Gefühl des Scheiterns, das eigenartige Gefühl der Unausgewogenheit, weil Bobbys Seite des Gästebetts leer blieb. Überall blieb sein Platz neben ihr leer.

Zwischen ihren eigenen Briefen finden sich kürzere von Matt und Chris und Dana. Amüsante Episoden, die Rita ganz vergessen hat:

Liebe Oma, lieber Opa! Gestern Abend hat Matt seine Turnschuhe neben der Toilette liegen lassen, und mitten in der Nacht ist Chris aufgestanden und hat hineingepinkelt!! Könnt Ihr Euch das vorstellen? Ist das nicht lustig? Wir vermissen Euch. Liebe Grüße, Dana.

Und seltsam, je weiter Bobby sich aus ihrem Leben zurückzieht, desto häufiger wird von ihm erzählt. (Im Vergleich dazu scheint Ritas Präsenz im Alltag kaum erwähnenswert.) Die Kinder schreiben, dass er sie zum Essen ausführt oder mit ihnen ins Kino geht. Gewöhnliche Dinge, die er für sie besorgt hat, banale Ratschläge, kleine Gefälligkeiten – all das plötzlich berichtenswürdig. In dem verqueren Versuch, lebensklug zu erscheinen, nahmen sie nicht nur ihn in Schutz, sondern die Art, wie sie lebten.

Bobby und sie ließen sich scheiden, wie die meisten Ehepaare, die sie kannten. Eben noch trinken alle auf der Terrasse eines Freundes Gin, und hast du nicht gesehen stieben sie in alle Richtungen auseinander, als sei ein Schuss gefallen.

Rita konnte nie verstehen, wie die Dinge so aus dem Ruder laufen konnten. Na, und wenn schon – wer machte sich schon was daraus, wer mit wem bumste – mit Liebe hatte das nichts zu tun. Sie konnte nicht für die anderen sprechen, aber sie glaubte daran, dass Bobby und sie, wenn sie alt wären, einander noch immer am Frühstückstisch gegenübersitzen würden. Die Kinder wären erwachsen und aus dem Haus, sie hätten viel Zeit füreinander, zwei Freunde mit einer sorglosen Vergangenheit.

Denn sorglos war sie gewesen, geradezu bacchantisch, und auch wenn Rita es nicht am schlimmsten getrieben haben mochte, so hatte sie doch bereitwillig mitgemacht. Sie hatte Küsse in Speisekammern getauscht und bei schnellen Abstechern zum Spirituosengeschäft während einer Party. Es gab andere Männer, von denen sie sich angezogen fühlte, verwischte Erinnerungen an zwei, drei wilde Nächte. Besonders eine: wie Tom Wie-war-noch-gleich-sein-Name seine großen sonnengebräunten Hände auf ihre grellweiße Hose gelegt hatte, als sie in jemandes Garten miteinander tanzten – wo waren die anderen Gäste abgeblieben? Beide hatten sie gestaunt, wie sehr ihre Hose im Dunkeln leuchtete, ja geradezu glühte. Wie gut seine Hände sich anfühlten, als sie über ihre Hüften glitten, sie gewissermaßen kolonialisierten. Er war viel breiter als Bobby, und sie umfasste seine kräftigen, harten Schultern. Seufzer und Lippen auf Haut und die Petroleumfackeln, die in den Rasen gesteckt worden waren wie vereinzelte Feuer in einer trostlosen Ödnis – und weit und breit keine Menschenseele, obwohl sie aus dem Inneren des Hauses Gelächter hören konnten, als wäre es ein Geisterhaus und sie wären kleine Kinder, die ihr Taschengeld für das Privileg vergeudeten, sich in Angst und Schrecken versetzen zu lassen. Dann war da etwas mit einer Chaiselongue, und sie sitzt rittlings auf ihm – sie tun es nicht, dafür sind sie zu betrunken, aber sie reiben sich aneinander wie Teenager, ihre weiße Hose und Toms Chinos wie gehaltene Gelübde, die zwischen ihnen scheuern.

Sie könnte nicht behaupten, dass sie diese kleinen Zusammenkünfte nicht genossen hätte, aber all das war natürlich Irrwitz. Unsinn. Nichts, was sie ernst genommen hätte. So etwas passierte zu der Zeit eben einfach, jeder tolerierte es, wenn der andere nebenher etwas laufen hatte. Ihre Kinder kamen am Arsch der Welt in irgendeinem Dschungel um, und guter Gott, ich meine, war das nicht zu erwarten, dass sie hin und wieder ausrasteten? Aber sie liebte Bobby, liebte ihn. Das allein zählte.

Vor vielen, vielen Jahren hatte Ritas Vater eine Geliebte gehabt. Maevis war zu ihrer Mutter gerannt und hatte gesagt: Bei diesem Mann, bei diesem Schürzenjäger bleibe ich nicht. Und Ritas Großmutter hatte der Frau einen Besuch abgestattet und sie davon in Kenntnis gesetzt, dass sie die Ehe ihrer Tochter nicht – Ich wiederhole: *nicht* – ruinieren dürfe, dass sie Frank nie mehr – Ich wiederhole: *nie mehr* – wiedersehen dürfe. Woran die Frau sich gehalten hatte.

Maevis ist tot. Frank ist tot. Die letzten Menschen, denen Ritas Scheidung wie eine Tragödie erschien, die sich nur in ihrem Leben abspielte und die es zu beklagen galt. Selbst die Kinder sind gleichgültig geworden. Jedenfalls die beiden, die noch übrig sind. Als Matt in den Dschungel ging, waren Bobby und sie noch zusammen. Arm in Arm winkten sie ihm zum Abschied zu, als er den Bus zum Ausbildungslager nahm. Wie würde Matt sich fühlen, wenn er zurückkäme und erführe, dass sie nicht mehr zusammen sind? Matt würde sich fürchterlich darüber aufregen. Er würde ihre Scheidung als persönlichen Affront begreifen, und das mit gutem Recht.

Wie sie so vor der Werkzeugbank auf einer Kiste mit Franks Schallplattenalben sitzt, die Hände im Schoß, die Handflächen nach oben gekehrt, hat Rita leichtes Kopfweh, sei es vom Weinen oder vom Staub. Und sie ist so ermattet. Es ist erst Mittag, aber ihre Kraft ist geschwunden. Es ist kein Ende mehr in Sicht. Sie fühlt sich an Regentage in ihrer Kindheit erinnert, wenn sie sich einem Projekt widmete. Anfangs voller Begeisterung, dann, wenn der Regen keine Neuigkeit mehr war und sie sich mit hängenden Schultern von einem Zimmer zum anderen schleppte, immer müder und matter, denn so ohne Weiteres, merkte sie, war ihre Blockhütte aus Eisstielen und Klebstoff oder ihr Fort aus Wäscheklammern nicht zu bewerkstelligen. Dann wünschte sie sich einfach nur, dass die Sonne wieder hervorkäme und sie zu den überschaubaren Spielen mit den anderen Kindern zurückkehren könnte.

Rita steht auf und streckt sich. Sie blickt sich um, als sähe sie die Dinge zum ersten Mal ganz deutlich – ein Luftbild dieser Höhlenkammer. Die Mittagssonne hat den Keller weder erhellt noch erwärmt. Sie geht von einer dunklen Ecke in die andere. Auch sie sind hier irgendwo, die anderen Briefe. Maevis war es immer wichtig gewesen, Dokumente gut zu verwahren.

Es muss Berge davon geben. Nicht an sie adressiert, sondern an den Präsidenten. Oder eher an eine ganze

Reihe von Präsidenten. An das Außenministerium. An Kongressabgeordnete. Sie bewahrte Kohlepapierdurchschläge auf, die sie lochte und in Ringordnern abheftete.

Auch mit dem Interessenverband der Angehörigen in Washington, D.C. hielt sie engen Kontakt. Und jedes Mal, wenn eine Leiche gefunden wurde oder wenn ein Veteran bei lebendigem Leibe auftauchte, bewahrte Maevis den betreffenden Zeitungsausschnitt auf und fügte ihn dem Ordner hinzu. Es war ihr gleichgültig, ob er einen Kniefall machte und amerikanischen Boden küsste oder ob er ausgemergelt aussah, mit bedrohlichem Spitzbart und leerem Blick, ob er mit einer schlitzäugigen Nutte zusammenlebte und angab, nie mehr heimkehren zu wollen. Maevis nannte sie zu jedermanns Entsetzen immer Schlitzaugen.

Die Sache war die: Als Maevis starb, gab es niemanden, der die Kampagne übernahm. Da wusste Rita, dass schon lange keiner von ihnen mehr daran geglaubt hatte. Tagelang herrschte, was dieses Thema anbelangte, beschämtes Schweigen, wie eine Hitze, die so drückend ist, dass jede Bewegung unerträglich wird. Als sie Maevis beerdigten, beerdigten sie auch Matt.

Dreizehnter Juni 1985. Der Tag, an dem Maevis starb. Neun Jahre und vierzehn Tage war es her, dass irgendjemand noch daran geglaubt hatte. Rita wusste, dass sie nicht daran glaubte. Eine Mutter weiß Bescheid. Es waren die anderen, die sie überraschten. Chris und Dana und sogar Bobby. Dieses Wissen, dass Matt tot war, hatte Rita nicht plötzlich überfallen. Sie hatte sich nicht mitten in der

Nacht kerzengerade im Bett aufgesetzt, in genau dem Moment, da Matt in ein Kreuzfeuer geraten war oder ein Bajonett seinen Bauch durchbohrt hatte. Vielmehr war es ihr allmählich klar geworden, in Schüben, eine komplizierte Einsicht, die sie nur langsam begriffen hatte. An Geburtstagen war es natürlich tiefer in ihr Bewusstsein gedrungen. Und am Jahrestag seines Aufbruchs. Merkwürdigerweise aber waren es andere Kriege gewesen, die diese Einsicht bewirkt hatten. Das immer unzweideutigere Bildmaterial von all diesen Konflikten. Es hatte dafür gesorgt, dass Matts Leben einer grobkörnigen, unwiederbringlichen Vergangenheit anzugehören schien. Die unterschiedlichen Arten, wie er gestorben sein mochte, waren auf fast wunderliche Weise veraltet.

Maevis hatte es nicht so gesehen. Für sie war es ein Rätsel, und Matt wartete darauf, dass sie dieses Rätsel lösten. Sie fühlte sich getrieben, es zu lösen. Frank sagte tatsächlich oft, es sei eine Therapie, obwohl sie selbst es als *Formalität* bezeichnet hätte. Ich tue nur, was getan werden muss, sagte sie dann etwa, um ihn wieder dorthin zurückzuholen, wo er hingehört. Maevis wusste einfach, dass Matt eines Tages heimkehren würde, und zwar lebendig, wusste es genauso sicher, wie Rita wusste, dass er niemals heimkehren würde.

Die Briefe befinden sich in einer großen hölzernen Truhe aus Franks eigener Kriegszeit. Auf den Ringordnern liegen zusammengerollte Verlängerungsschnüre; ein elektrisches Heizgerät von der Größe eines Kantholzes und eine Lampe mit einem Hals wie eine Wirbelsäule, die man unter der Haut sieht, oder wie ein biegbarer Strohhalm; es gibt Spinneneier und Spinnweben und eben Staub. Und da ist eine Tüte mit Glühbirnen, auf die ein Schildchen geklebt ist.

Das Schildchen besagt: *Die Glühbirnen sind in Ordnung, sie funktionieren bloß nicht.*

In Maevis' Handschrift.

Und sie sind tatsächlich in Ordnung. Durch die schmalen klaren Streifen zwischen Milchglas und Metallgewinde sind Glühfäden zu erkennen. Das Glas ist unversehrt, obwohl es sich vom langen Gebrauch oben grau verfärbt hat. Rita schraubt eine der heißen nackten Glühbirnen heraus, die von der Decke herabhängen. Dabei benutzt sie den Ärmelaufschlag ihres Hemdes als Handschuh. Dann schraubt sie eine Birne nach der anderen ein, um sie zu testen, aber es passiert nichts. Maevis hatte recht. Trotzdem hatte sie sie aufbewahrt. Hatte an ihrem kleinen Küchenschreibtisch gesessen und unter der Lampe mit der Zugschnur das Schildchen beschriftet, dann die Glühbirnen vorsichtig in den Keller getragen, um sie sicher zu verwahren, denn immerhin waren sie in Ordnung. Sie funktionierten bloß nicht.

Das sah Maevis ähnlich: die mit Linoleum belegte Treppe zum Keller hinabzusteigen und sich dabei ganz ernsthaft Gedanken darüber zu machen, dass man Dinge nicht einfach verbrauchte und sie dann wegwarf. Auf keinen Fall. Weder Dinge noch Menschen. Wir alle sind mehr als die Summe unsere Funktionen. Beinahe konnte sie

Maevis diese Wort zu Frank sagen hören, als dieser ihr in der Küche begegnete und sie fragte: Guter Gott, Frau, wo willst du denn mit denen hin? Aber vielleicht war Maevis ja auch einfach nicht ganz dicht. Wollte Dinge für den nächsten Weltkrieg oder einen nuklearen Winter horten, obwohl auch Rita nicht wusste, wozu durchgebrannte Glühbirnen ihr dann noch dienlich sein sollten.

Jetzt ist Maevis tot. Frank auch. Und Matt, gewiss ist er tot. Er muss einfach tot sein. Es hat überhaupt keinen Sinn, sich etwas vorzumachen. Ich meine, wenn er kommt, kommt er, aber er wird nicht kommen. Das ist der springende Punkt. Es ist über zwanzig Jahre her. Matt wäre jetzt fünfundvierzig, vermutlich würde sie ihn nicht einmal wiedererkennen. Wo sollten sie anknüpfen? Vollkommen sinnlos.

Die Sonne ist so tief herabgesunken, dass ein dünner Lichtstrahl den Kellerboden zweiteilt. Bald wird sie wie immer in der Bucht untergehen. Als Kind hätte Rita so gern wenigstens einmal gesehen, wie die Sonne über dem Ozean unterging, über seinen Wogenkämmen und -tälern. Sie wusste, dass sie das andernorts tat, glaubte aber nicht daran, jemals groß genug oder reich genug zu sein, um an einen dieser Orte reisen zu können. Mit dem Fahrrad raste sie immer hinüber zur Bucht und sah den letzten Minuten so vieler Tage zu. Die schmalste Knitterfalte Licht, eine Nadel, die einen roten Faden durch den blassblauen Himmel zog. Und danach machte sie im Blau-Schwarz des

Abends traurig kehrt und radelte mit dem Gefühl innerer Leere, das sie immer befiel und das sie nie so recht verstand nach Hause zurück.

Rita hat Staub in den Lungen. Sie muss spazieren gehen, hinaus an die frische Luft, ins helle Licht, wo die Dinge in Bewegung sind. Sie muss all das loslassen. Es ist an der Zeit. Bobby loszulassen. Matt loszulassen. Ihre Eltern loszulassen. Sie kann sie nicht länger festhalten, eigentlich stand es ihr nie zu, sie festzuhalten. Sie tritt hinaus auf den Beton, geht über den Shuffleboard-Platz auf das Sturmtor zu. Blinzelt wie ein Baby in die Sonne. Die kleine Kellertür hat sie einen Spaltbreit offen gelassen. Es gibt nichts zu stehlen.

FAMILIENFOTOS

Wenn es um Familienfotos geht, ist Mutter geradezu närrisch. Sie hortet sie, sie ordnet sie, bewahrt sie in chronologischer Reihenfolge auf, in farbigen Ringordnern, die bis ins vergangene Jahrhundert zurückreichen. Jedes Foto ist datiert und mit einer Bildunterschrift in ihrer achtlosen, schnörkeligen Handschrift versehen. Sie spricht es nicht aus, aber sie will uns damit am Vergessen hindern.

Sie versucht auch nicht, uns zu schützen. Davor, wer wir waren, wer wir sind oder was aus uns hätte werden können. Unausgeschöpftes Potenzial, nie realisierte Möglichkeiten, aufgekündigte oder gewandelte Loyalitäten – denn ihre Alben halten fest, wie es zu einem gegebenen Zeitpunkt um die Dinge stand, und nicht, was wir im Rückblick zu wissen meinen.

Ich beginne mit dem Sechsjährigen. Eine bauschige rote Baseballjacke, auf die die Abzeichen seiner Lieblingsmannschaften genäht sind. Er hält die Hand seines kleinen Bruders, der rotgesichtiger und runder ist als er. Sie fahren auf einem großen Schiff vor der Küste von North Carolina und blicken mannhaft in die Gischt. Ihr Haar weht in der Brise. Familie, Land, Baseball. Diese drei Dinge füllen sein kleines Leben aus.

Mit acht Jahren ist er dünn und gerade wie ein Laternenpfahl. Abstehende Ohren, die ihn linkisch aussehen lassen. Sein Grinsen ist viel zu breit für sein Gesicht – fast verdrängt es alle anderen Gesichtszüge. Aber seine Haut ist sehr rein, sein Haar noch kurz und glänzend. Wenn er erst einmal voller geworden ist, so deuten die Fotos an, wird er gut aussehen.

Dann die Pubertät, als er weder Kind noch Erwachsener ist. Als er dem Mannesalter entgegenrast und sich davor fürchtet. In schlichtem weißem Hemd und alten Bluejeans schiebt er eine Schubkarre, die mit nassem, eben erst zusammengeharktem braunem Laub gefüllt ist, und blickt über die Schulter in die Kamera. Zum ersten Mal sieht er aus, als sei er sich nicht ganz sicher, was von ihm erwartet wird.

Es gibt eine Aufnahme von Dickey auf seinem Oberstufenball. Eine sehr hübsche Partnerin mit dichtem, zu einem Bob geschnittenem Haar, das von einem Band gehalten wird. Am Träger ihres Kleides ist eine große rosa Blume festgesteckt. Er steht hinter ihr wie ein Ehrenmann, aber noch immer mit diesem halbmondförmigen Grinsen. Den Rücken hält er kerzengerade, doch das Jackett seines weißen Abendanzugs hängt schlaff von den scharfen Ecken seiner Schultern. Er ist nicht voller geworden.

Ein Zeitungsausschnitt. Irgendeine Impfkampagne der Schule, an der wir teilnahmen. Abgebildet sind drei meiner Brüder, unter dem Foto sind ihre Namen abgedruckt, und einer bekommt irgendwelche Tropfen in die Augen. Der

Bildunterschrift ist zu entnehmen, dass Dickey außerhalb des Blickfeldes steht. Dann wieder, viel später, auf der Hochzeit eines Bruders. Dickey steht etwas abseits, doch wenn man das Foto betrachtet, sieht man, dass seine Vereinzelung jetzt die Norm ist. Niemand versucht, ihn näher ins Bild zu ziehen.

Es gibt nicht viele Aufnahmen, auf denen nur Dickey und ich zu sehen sind. Dafür sind wir zu weit auseinander geboren. Aber auf einer sitze ich im Garten auf seinen Schultern. Obwohl der Boden noch kahl und gefroren ist, hat Dickey nur ein Hemd an. Er hält meine Hände fest. Die Haare sind mir in die Augen gefallen, aber ich lächele. Ich habe keine Angst, so weit oben zu sein und nicht sehen zu können.

Je schärfer die Fotos werden und je bunter die Farben, desto mehr sieht man unseren Eltern an, dass sie in die Jahre kommen. Haut schlängt schlaff von Oberarmen und faltig am Hals, als wären ihre Knochen glitschig geworden. Wir geben uns nicht mehr so viel Mühe, wenn wir unsere Gruppenfotos arrangieren. Inzwischen sind wir es gewohnt, eine Familie zu sein, und manchmal sind wir es sogar leid. Bobs und Pagenköpfe sind von langen, glatten, stumpfen Haaren abgelöst worden. Meine Schwester posiert schüchtern in einem mäßig gewagten Minirock.

Dickey ging aufs College. Etwas anderes war nie in Frage gekommen. Er war ein Überflieger, Schulrekordhalter, groß, schmächtig, ängstlich und ohne Zweifel Jungfrau.

Kleine Unvollkommenheiten der Haut kamen und gingen und hinterließen kaum wahrnehmbare Narben. Ich blättere um, und er ist erwachsen. Steht auf dem L-förmigen Weg zu unserem Haus. Bärtig, spitzbübisch und eigentümlich gutaussehend. Dieselbe Begleiterin. Seine Begleiterin ist jetzt Anwältin. Jeder, den Dickey damals kannte, hat ihn hinter sich gelassen, als wäre er ein kleines Boot, das im Kielwasser eines größeren schaukelt.

An nichts davon kann ich mich erinnern. Ich war zu jung. Gäbe es die Fotos nicht, würde ich meinen, dass er nie glücklich gewesen ist, sich nie um etwas gekümmert hat, schon immer verrückt war. Hieran kann ich mich noch erinnern: Krätze; ein Anruf mitten in der Nacht; Furunkel; Gestank; unbändiges Gelächter zum unpassenden Zeitpunkt, eine Zigarette nach der anderen. Meine saubere, leichte Jugend befleckt von seiner Gegenwart, die wie ein Sargtuch über dem Haus hing, weil irgendetwas plötzlich schiefgelaufen war.

Endgültig verließ Dickey unser Haus in einem Krankenwagen. Eines frostig glitzernden Morgens wachten wir auf und fanden ihn nackt vor dem Haus unseres Nachbarn, wo er vogelgleich auf dem Rasen hockte.

Was ist los mit ihm?, fragte ich meine Mutter. Was macht er da?

Er ist krank, antwortete sie müde, sehr krank.

Dickey lachte und war noch immer nackt, als die drei Männer kamen, um ihn abzuholen. Einer von ihnen war sehr nett, er drückte meine Schulter und sagte: Es wird schon werden. Mutter folgte ihm in unserem Auto, und an jenem Tag ging ich nicht zur Schule, sondern blieb zu Hause, lag auf dem Sofa und sah fern, als wäre auch ich krank.

Das war vor vierzehn Jahren.

Ich will Ihnen sagen, was ich seitdem getan habe. Ich habe ihn verleugnet. Als ich selbst in die Pubertät kam, täuschte ich sogar vor, ihn nicht zu kennen. Ich habe ihn gefragt: Dickey, wie geht's dir?, und er hat geantwortet: Gut, und ich war erleichtert, weil er mir erlaubte, mir weiter etwas vorzumachen. Ich habe mich streng wissenschaftlich mit seiner Krankheit beschäftigt. Für kurze Zeit hatte das zur Folge, dass ich ihn liebte. Wenn ich betrunken war, habe ich geweint, aber nur, wenn ich betrunken war. Gelegentlich habe ich ihn schlicht und einfach vergessen und den Leuten erzählt, wir seien nur zu fünft.

Und schließlich fing ich an, ihn zu besuchen. Einmal brachte ich ihm einen Umschlag voller Fotos mit, aber er starrte sie nur an, als wäre ein anderer darauf zu sehen, in der Familie eines anderen. Später ging mir auf, dass all die Fotos alt waren. Dass es einen Zeitpunkt gegeben hatte, an dem wir aufhörten, ihn mit einzubeziehen, als gefiele uns sein Aussehen nicht mehr. Inzwischen bringe ich ihm Geld oder Zigaretten mit.

Er lebt stadtauswärts – die Straße entlang, dann eine steile Zufahrt hinab – in einem Rehabilitationszentrum, das von der Hauptstraße aus nicht zu sehen ist. Komische alte Männer und Frauen leben dort. Das sind Dickeys Worte. Die sind alle verrückt, sagt er, das weißt du, nicht wahr? Ich bin stolz auf ihn, wenn er das sagt.

Wie immer treffe ich ihn zusammengesunken in einem Sessel an. Ein senffarbener Sessel im Stil der sechziger Jahre mit dünnen hölzernen Armlehnen, die sich an einem Ende verjüngen. Er schaut sich Wiederholungen von *Get Smart* an, die Asche an seiner Zigarette biegt sich unter ihrem eigenen Gewicht. Er trägt einen alten kastanienbraunen Noppenpulli von meinem Vater, das große marineblaue P auf der Brust – für Pennsylvania – rollt sich an den Rändern ein. Ich küsse ihn, und ich umarme ihn, dann zucke ich zurück. Er verströmt einen fauligen Schweißgeruch, und sein Gesicht ist dumpf und schlaff, obwohl es darin von Mitessern wimmelt.

Seine Haare sind lang. Er lässt sie sich nicht mehr schneiden. Graue Strähnen fallen ihm über den Rücken. Schon seltsam, zu sehen, dass er ergraut. Und plötzlich begreife ich, dass er all die Jahre über gelebt hat. Seine Haare sind gewachsen, seine Lungen schwarz geworden: Seine Körperfunktionen haben sich erhalten, offenbar ganz ohne sein Zutun.

Seine Arme sehen aus wie die Stäbe eines Geländers und sind für seinen Körper zu lang. Bis auf seinen leicht aufgedunsenen Bauch ist er noch immer dünn, aber die Muskulatur seiner Jugend ist geschwunden und erschlafft. Auch *seine* Knochen sind glitschig geworden. Wenn er redet, dann nur in einem bitteren Tonfall, so als fühle er sich dauernd ausgenutzt. Nicht, dass wir viel reden. Manchmal gehen wir mittags essen. Bestellen, essen und bezahlen – glücklicherweise schließt all das andere Menschen ein und bietet Gesprächsstoff.

Wir gehen immer ins Eiscafé, denn dort gefällt es ihm. Inzwischen unternimmt er nichts mehr, was ihm nicht zur Gewohnheit geworden wäre. Es ist ihm gelungen, jedes Moment der Überraschung aus seinem Leben zu verbannen. Mir drängt sich die Erinnerung an den Tag auf, als ich ihn durch die Innenstadt zum Eiscafé gehen sah, wo er einen Kaffee trinken wollte. Die Sonne schien. Es war Sommer. Und ich bog um eine Ecke, um ihm nicht begegnen zu müssen.

Hi, Dickey! Das pickelige Mädchen hinter dem Tresen ruft ihm – fast kokett – etwas zu, sie weiß schon, was er bestellen wird. Das überrascht mich. Ich hätte gedacht, dass er zu unansehnlich wäre, um irgendwo willkommen zu sein. Andererseits bin ich oft überrascht von barmherzigen Handlungen, die wie aus heiterem Himmel erfolgen.

Das ist Suzanne, erklärt er. Sie arbeitet hier.

Sie mag dich, sage ich und bemühe mich, nicht verblüfft zu klingen.

Dickey antwortet nicht, sondern klick-klackt nur immer mit der Zunge gegen den Gaumen. Suzanne bringt uns die Gerichte und bleibt stehen, um sich mit uns zu unterhalten, während wir essen. Das Dressing, das in Dickeys Bart hängen bleibt, scheint sie nicht zu bemerken, ebenso wenig, dass seine Hände schmutzig sind und seine Sprechweise unnatürlich nachlässig.

Er beachtet mich nicht mehr und bestürmt sie mit Fragen. Wo ist der lustige Knopf, den sie letzte Woche getragen hat? Was würde passieren, wenn er darauf drückte? Wie viele Hamburger hat sie heute gegessen? Gib uns was umsonst, sagt er zu ihr, wir leben alle von Sozialhilfe. Red keinen Unsinn, sagt Suzanne lächelnd und gibt ihm einen zarten Klaps auf die Schulter. Da lacht Dickey, wie er es immer tut – prustend, mit Luftblasen und Speichel, und womöglich nicht einmal über Suzanne.

Ich weiß nicht, ob er noch wie ein Mann an Frauen denkt. Er war schon immer ohne jeden Hintersinn charmant. Die Überreste davon haben es Suzanne angetan. Da kommt mir wieder der Tag in den Sinn, als wir noch in der Stadt wohnten und Dickey zum Abendessen ein Mädchen mit nach Hause brachte. Sie war noch bemitleidenswerter als er, und er setzte sich in die andere Ecke des Zimmers und zeigte keinerlei Interesse an ihr. Mom versuchte, das Mädchen in ein Gespräch zu verwickeln, aber sie redete nur kleinlaut über ihre »Hobbys« und blickte zu Boden. Ich fragte mich, warum er sich überhaupt mit ihr abgab. Ich wünschte, ich könnte mich an ihren Namen erinnern. Wenn er mir einfiele, könnte ich ihn nach ihr fragen, und plötzlich hätten Dickey und ich eine gemeinsame Geschichte.

Unser Besuch endet abrupt wie immer. Ich muss jetzt gehen, verkündet er und erhebt sich, ohne auf mich zu warten. Ich zahle, folge ihm zum Auto, und schweigend fahren wir zurück zum Zentrum. Als wir in die Zufahrt einbiegen, steigt er aus, noch immer ohne ein Wort zu sagen. Er hat genug von meiner Gesellschaft, genug von dem, was ich ihm bedeute oder nicht bedeute.

Im Haus eilen geschäftig Krankenpflegerinnen umher. Frauen in gestärkten Uniformen, die nicht wissen, dass er Home Runs erzielte oder das begehrteste Mädchen der Schule zum Ball führte. Für diese Menschen zählt nur die Gegenwart, denn jeder hier hat eine Vergangenheit. Ich rede mir ein, dass Dickey anders ist. Er ist einer von uns, sage ich und meine damit die Familie und die Zukunft und die Welt dort draußen. Das, was wir, grob gesprochen, als Normalität bezeichnen. Aber ich weiß ebenso gut wie sie, dass Dickey nicht anders ist.

Ich selbst bin eigentlich auch nicht viel anders als die anderen Besucher. Die kalten Heizkörper ziehe ich den alten Polstersesseln vor. Ich ziehe es vor, meinen Bruder in ängstlicher Isolation zusammengekauert zu sehen, statt Zeuge zu sein, wie er sich mit den anderen Patienten fröhlich verbrüdert. Und wenn ich wegfahre, dann voller Erleichterung und immer zu schnell. Ich brause die Steigung hinauf, und die Räder meines Wagens drehen so laut durch, dass es mit Sicherheit jeder drinnen hört und darüber lacht. Sie alle prusten vor Lachen und werfen Dickey wissende Blicke zu. Über derlei Dinge können sie lachen, denke ich, so sehr sind sie an ihre Verrücktheit gewöhnt.

Zu Hause in meiner Schreibtischschublade liegt ein Foto, das Dickey im Alter von zehn Jahren zeigt. Ich weiß, dass er zehn Jahre alt ist, weil Mutter auf die Rückseite geschrieben hat: Dickey, 1960, Myrtle Beach. Weißes Haar, ein halbmondförmiges Grinsen und Segelohren. Die rote Baseballkappe nach oben und hinten geschoben, die Arme angewinkelt, um vor der Kamera die winzigen Muskeln spielen zu lassen. Da das Foto in meiner Schublade liegt, ist in einem ansonsten perfekten Album ein weißes Viereck zurückgeblieben. Aber Mutter hat es nie erwähnt. Sie kennt uns zu gut.

HÄNDE

Der kleine Stevie liegt in einer Kiste. Sein Gesicht ist ziegelsteinrot, seine Finger sind lang und schwimmhäutig. Er wirkt zusammengeschrumpft, als sei er drauf und dran, zu verschwinden. Pete und Tess sitzen auf Stühlen mit geraden Rückenlehnen und starren mit geneigtem Kopf auf Stevie. Wir anderen betrachten ihn abwechselnd, noch nie haben wir etwas so Kleines so tot gesehen.

Onkel Jim hebt Stevies Hand an, und die schlaffen Fingerchen hängen über seinem warmen fleischigen Zeigefinger. Wie Tangwedel, deren Bläschen man aufplatzen lassen kann. Er steht da und reibt Stevies schmales Handgelenk zwischen Daumen und Zeigefinger. Jim hat seine Hüfte herausgekehrt, als lehne er an einer Theke, aber seine Augen sind glasig vor Tränen. Ich finde es mutig von Jim, dass er ihn berührt.

In Jims großem Mercedes fahre ich zum Friedhof. Wir begraben Stevie in Greenville. Pete trägt den Sarg ganz allein. Ich weiß genau, wie sich das weiße Holz anfühlt, das Pete in den Händen hält.

Nachdem Stevie unter die Erde gebracht ist und die Leute aufgehört haben zu weinen, fahren wir wieder nach Hause. Alle trinken viel. Onkel Jim nimmt mich beiseite und fragt mich, ob ich nicht der Meinung sei, dass Pete ein bisschen ... ein bisschen seltsam sei.

Wie denn seltsam?, frage ich.

Aber Jim sagt nur: Wann immer du etwas brauchst, Mags, komm einfach zu mir.

Mama und Tess sind in der Küche, ich sitze draußen auf der Stufe vor der Hintertür und lese *Die Chroniken von Narnia*. Es ist kurz nach Tess' und Petes Hochzeit, lange bevor an Stevie überhaupt zu denken war. Auf der Hochzeitsreise hat Tess geweint. Das jedenfalls erzählt sie Mama. Auf Big Pine Key fielen schwere Regentropfen, und Tess hatte sich auf die kühlen Fliesen gesetzt und Tropfen für Tropfen mitgehalten.

Aber warum hast du geweint?, fragt Mama sie.

Ich weiß es nicht genau. Wir haben in diesem dunklen, heißen Zimmer gesessen, nichts getan, nichts gesagt, und hätten doch so glücklich sein sollen. Alles kam mir so verdammt jämmerlich vor und ... Ich weiß nicht. Ich hab einfach nur geweint.

Und was hat Pete getan?

Er wusste nicht, was er tun sollte. Er hat mich gefragt, warum ich weine, und als ich ihm keine gute Antwort geben konnte, hat er irgendwie das Interesse verloren.

Wie liebreizend von ihm, sagt Mama.

So war es nicht, erwidert Tess.

Ich stelle mir Tess und Pete in ihrem dunklen, heißen Zimmer vor, während draußen der Regen fällt. Ich stelle mir Pete vor. Er ist gutaussehend, lacht immer, hat große weiße Zähne und quadratische braune Hände. Einmal, noch vor ihrer Heirat, kam Pete vorbei, um Tess abzuholen, aber sie war mit Mama zu Besuch bei Mrs Ganz weiter oben in der Straße. Ich brachte Pete ein Glas Eistee, doch als ich ihm das Glas reichte, stellte er es ab. Er küsste mich. Seine warme Zunge glitt in meinen Mund, und seine Hände wanderten über meine Hüften, als tanzten wir. Dann trat Pete plötzlich zurück, sagte: Gott ... *verdammt!,* und hielt sich den Handrücken vor den Mund. Gottverdammt, sagte er, *was tun wir da?*

Kurz danach kamen Tess und Mama die Straße herauf. Als Tess ihn ansah und sagte: Hallo, Schatz, prallte Petes Blick an ihr ab wie eine Billardkugel.

Bevor Stevie in den kalten kleinen Raum im Souterrain des Krankenhauses gebracht wird, gibt die Krankenschwester, die sich um sie kümmert, Tess eine Haarlocke von Stevie und ermuntert sie und Pete, Fotos von ihm in seinem winzigen Bettchen zu machen. Da holt Pete seine nagelneue Nikon, beugt sich über Stevies totgeborenen Leib und knipst drauflos. Ich sage zu Mama: Ich finde das gruselig, und sie erklärt mir, es sei Teil des *Heilungsprozesses.* Aber es ist gruselig, sage ich, und sie sagt nur: Scht.

Ich stehe an der Küchenspüle und schäle Kartoffeln, als Pete von hinten an mich herantritt. Er schiebt seine Hände unter meinen Pullover und reibt mit ihnen über meinen

Bauch, über meinen BH und dann unter meinem BH. Er drängt mich an die Kante der Arbeitsplatte und drückt sich gegen meinen Hintern. Flüstert mir ins Ohr: Mags, und bewegt sich immer schneller, seine Hände breiten sich wie Kletterpflanzen auf meiner Haut aus. Ich umschließe mit der Faust den Kartoffelschäler und biege den Hals. Diesmal fragt er nicht, was wir da tun.

Ein paar Wochen nach Stevies Beerdigung geht Tess zu einer von diesen Gruppen, wo jeder das gleiche Problem hat wie du. Die Frauen sind alle sehr nett, und als Tess ihnen erzählt, dass sie vorhat, die Fotos und die Haarlocke an sich zu nehmen und wie Asche im Meer zu verstreuen oder sie neben ihrem Lieblingsrosenstrauch zu begraben, sagen die Frauen alle: O nein, tun Sie das nicht, Liebes. Sie alle haben in weiche Leinentaschentücher eingeschlagene kleine Haarbüschel und Fotos von totgeborenen Kindern.

Also hebt Tess die Haarlocke auf, genau wie die Frauen ihr raten. Und die Fotos verwahrt sie in ihrer Handtasche. Manchmal holt sie sie hervor, um sie Leuten zu zeigen. Tess sagt: War er nicht vollkommen? Wäre er nicht wunderschön geworden? Und jeder gurrt ganz sonderbar, aber keiner sagt so etwas wie: *Zeigen Sie her,* oder: *Darf ich noch mal sehen?*

Pete lehnt an unserem Schuppen und trinkt ein Bier. Es ist Juli, und er beseitigt Gestrüpp für Mama. An den Armen hat er überall dünne Schrammen. Ich blicke aus dem Küchenfenster zu ihm hin. Seine Schaufel stellt er an den Schuppen. Seine Stiefel sind lehmverkrustet, und er lässt sie auf der Türstufe stehen. Die Fliegentür schwingt zu – in immer kleineren Kreisbögen.

Eines Tages komme ich nach Hause. Tess kniet im Garten und drückt Erde um den Rosenstrauch fest, den sie gepflanzt hatte, als sie zwölf war. Sie steht auf, stützt die Hände in die Hüften und betrachtet den Boden, als sei er ein sehr unartiger Hund. Ich muss daran denken, wie Petes Hände über meine Schenkel gekrochen sind. Daran, wie Tess und ich auf ihrem Bett lagen und uns Schallplatten anhörten. An die Zeiten, als Tess mir zuliebe Mama belog. Lange bleibt sie so stehen. Schließlich klopft sie sich die Erde von den Knien und hebt ihre Handtasche vom Boden auf.

Hallo, Tess.

Hallo, Maggie, sagt sie. Ich hab dich gar nicht gesehen.

Bleibst du zum Abendessen?

Sie schüttelt den Kopf. Nein, Pete kommt bald nach Hause.

Alles in Ordnung bei dir?, frage ich.

Ja, sagt sie. Ich schätze, es ist Zeit, sich wieder um andere Sachen zu kümmern.

Auf der Stirn und im Nacken kleben ihr feuchte Haarsträhnen. Sie nimmt sie zusammen, hält ihr Haar auf dem Kopf fest und blickt über meine Schulter. Für Tess war es nicht das erste Mal. Es war ihr und Pete schon einmal passiert, aber zu einem viel früheren Zeitpunkt. Tess' Fehlgeburt war wie eine Monatsblutung gewesen, und jeder behandelte sie als solche. Als wollten sie sagen: Ist es nicht schade? Aber pst!

Im Winter trägt Pete ein dickes Holzfällerhemd. Er nimmt meine eiskalten Hände und schiebt sie unter den Wollstoff an seine nackte Brust. Er windet sich. Er sagt: Verdammt, Mädchen, du hast ja entsetzlich kalte Hände! Er zieht mich an sich. Er riecht nach Erde und Seife und Holzrauch. In meiner Magengrube pocht es leise. Warme Milch. Einmal war ich auf einer Geburtstagsfeier. Ein Junge, dessen Augen verbunden waren, zerschlug mit einem Stock eine Piñata. Es regnete Süßigkeiten auf den Fußboden. So bin ich. Wenn ich platze, ergießen sich aus meinem Innern lauter süße Sachen.

Ich sitze auf der Vordertreppe und stupse einen Kieselstein mit einem Stock umher, als Mama zu der Frau von nebenan sagt: Ich sehe, wie sie sie angucken. Männer von vierzig, fünfzig Jahren.

Die jagen einem 'ne Höllenangst ein, erwidert Mrs Honeyfield. Darüber weiß ich bestens Bescheid.

Ihre Dolly war wie alt, fünfzehn?

Sechzehn. Selbst noch ein Baby.

Sechzehn, sagt Mama und schüttelt den Kopf.

Sechzehn und jetzt bald dreißig.

Ts-ts. Mama schnalzt mit der Zunge. Eines Tages wacht man auf und bums!, sagt sie, haben sie alles, was man selbst mal hatte.

Sie lachen.

Ich spüre, wie sie mich ansehen.

Schließlich sagt Mrs Honeyfield: Ziemlich hübsch, das Mädchen.

Onkel Jim kommt in die Auffahrt gefahren. Mama und Mrs Honeyfield drehen sich um. Beide lassen einen Arm unter der Brust liegen und formen mit der freien Hand ein kleines Sonnendach über den Augen. Unter ihren Achseln Schweißmonde. Onkel Jims Auto glitzert in der Sonne. Er kommt gerade aus dem Büro. Er trägt einen dunkelgrauen Anzug und wirkt zu groß für unseren Garten.

Er sagt, wenn ich will, wird er mich aufs College schicken.

Er lehnt sich gegen seinen funkelnden Wagen und sagt: Ich weiß, es ist schwer. Denk bloß nicht, dass ich das nicht wüsste. Das Geld ist knapp, deine Mama setzt dir zu, es kommt dir vor, als würdest du ewig fünfzehn bleiben. Aber hör zu, Mags, im Handumdrehen bist du hier raus. Und was wirst du dann tun? Wohin wirst du gehen? Das Geld für dich ist da, Mädchen. Du brauchst es nur zu sagen.

Ich wünschte, du wärst mein Dad, sage ich.

Onkel Jim lacht und sagt: Ich bin wie dein Dad. Ich werde für dich sorgen.

Mit dem nackten Fuß stochere ich im Kies. Ich möchte ihm von Pete erzählen. Ich möchte ihm erzählen, dass Pete gestern in der Küchentür gestanden hat, dass seine Hand wie eine Klaue auf seinem Schritt lag. Stattdessen sage ich: Ich werde es mir überlegen.

Einmal fragt mich Pete, ob es mir gefällt.
Gefällt es dir? Denn wenn nicht, höre ich auf. Auf der Stelle.
Ich lehne mit dem Rücken an seiner Brust, und er hat die Arme um meinen Bauch geschlungen. Ich schmiege mich in ihn hinein, als wäre er eine Muschel und ich ein kleines fleischiges Ding, das ihn braucht, um zu überleben.

Eines Abends im April komme ich vom Spielen in Elsie Ganz' Vorgarten weiter oben in der Straße nach Hause. Mama und Tess sitzen am Küchentisch. Sie sind nur Silhouetten, denn draußen ist es schon fast dunkel, und sie haben das Licht nicht eingeschaltet.
Wieso sitzt ihr im Dunkeln?, frage ich.
Tess sagt nichts, presst nur die Fingerknöchel gegen die Zähne. Mama dreht sich um und sagt: Geh nach oben, Liebling, Tess und ich haben etwas zu besprechen.
Kann ich ein paar Kekse?
Mama winkt mit der Hand zum Schrank hinüber. Ich mache mir ein Glas Eistee und nehme einige Kekse mit Schokoladensplittern. Auf halber Treppe höre ich, wie sie zu Tess sagt: Die Katze lässt das Mausen nicht.
Erzähl mir was, was ich noch nicht weiß, sagt Tess.

Schon gut, sagt Mama, schon gut. Hör zu. Vergiss den ganzen Scheiß mit *für immer*. Du musst anfangen, zur Abwechslung mal an dich selbst zu denken. Verstehst du?

Tess antwortet nicht.

Ich sitze auf der obersten Treppenstufe und esse meine Kekse. Pete hat eine Freundin in Greenville. Im Juni erwartet sie ein Kind.

Tess und Pete haben nie ein Kind bekommen.

Pete ist jetzt weg, und Mama sagt, es sei zum Besten.

Tess sucht einen fremden Mann, der sie schwängert.

Ich werde nicht jünger, sagt sie. Was, wenn ich keinen Mann kennenlerne, den ich gern genug habe, um ein Kind mit ihm zu haben? Außerdem will ich nicht erst Kinder haben, wenn ich fünfunddreißig bin.

Dann willst du's also mit 'nem wildfremden Mann treiben, den sie in der Klinik für dich aussuchen? Was, wenn er ein Schwein ist und du ihn nicht magst?

Nein, nein, sagt Tess. Das geht in einer Schüssel vor sich. Du brauchst dich nicht mal mit ihm zu treffen, also ist es völlig egal, ob du ihn magst oder nicht.

Na, das hat ja nun wirklich Hand und Fuß, sagt Mama. Danke, dass du mir das erklärt hast.

Es regnet. Es ist erst zwei Uhr, aber so dunkel, dass die Luft wie Asche aussieht. Mama und Tess sehen sich in Greenville nach Stoffen um. Sie haben ihre Regenmäntel und ihre schmutzigen Gummischuhe übergezogen und sind fluchend zum Auto hinausgerannt. Auf dem Kies haben sich schwarze Wasserlachen gebildet, mehr Regenwasser schießt die Straße entlang. Es regnet seit vier Tagen.

Pete wohnt jetzt in Greenville. Er fährt einen Lastwagen der Stadtverwaltung. Einen großen gelben Lastwagen, auf dessen Ladefläche orangene Pylonen gestapelt sind. Ich schließe die Augen und stelle mir Pete vor. Ich stelle mir ihn und Tess am Grab vor, wie sie einander stützen. Pete, der den Sarg unter dem Arm trägt, als wären es Schulbücher. Ich sehe Stevies ziegelsteinrotes Gesicht und seinen seltsamen Körper, der eher wie der eines alten Mannes war, so wie das Brustbein hervorstand und die welke Haut herabhing. Auch an Stevies dunkle Finger denke ich, aber nicht so, wie sie waren, als Onkel Jim sie hielt. Nicht länger kalt und schlaff. Jetzt gehören sie zu einem großen Paar quadratischer Hände, die reichlich mit Blut und Hitze versehen sind und gut zupacken können. Die eine Schaufel festhalten können, ein Steuerrad oder die Hüften einer Frau.

MYTHOLOGIE

In der Woche, in der die schwarze Katze starb, hätten wir es beinahe noch einmal geschafft. Wir fanden sie auf der Straße, auf einem wenig befahrenen Stück Landstraße nicht weit von zu Hause. Wir kamen im Auto vorbei, und Charlie bremste ab. Ich sah nur die beiden zierlich gekreuzten weißen Pantöffelchen ihrer Pfoten und wusste Bescheid. Ihr Blut hatte den Asphalt verfärbt, offenbar war sie eine kurze Strecke mitgeschleift worden.

Und ich dachte, hier wären wir sicher, sagte ich zu Charlie.

Wir haben vier Haustiere gehabt, Charlie und ich. Drei davon sind tot. Wir gehören nicht zu den Leuten, denen die Tiere irgendwann humpelnd um die Füße streichen und einen zum Straucheln bringen. Alte, entkräftete Wesen mit allen Anzeichen von Langlebigkeit.

Charlie holte den Spaten aus dem Schuppen und machte sich auf den Weg zu der Stelle, wo die Katze lag. Er hatte den Spaten über die Schulter gelegt und das Kinn auf die Brust sinken lassen. Als sei er unterwegs, einen trostlosen Tag gemeinnütziger Arbeit abzuleisten.

Hinterher weinten wir und streckten uns zusammen auf dem Sofa aus. Da kam er mir vor wie ein Held, der sich um die schmerzlicheren und grotesqueren Aspekte unseres

Lebens kümmerte, damit ich es nicht zu tun brauchte. Wie er zum Beispiel im Auto zu mir sagte: Sieh nicht hin.

In den darauf folgenden Tagen waren wir freundlicher zueinander. Kümmerten uns um die einfacheren Bedürfnisse, die man am leichtesten vergisst. Erinnerten uns an mancherlei. Wir sprachen über die letzte Katze, die wir beerdigt hatten, die weiße. Der Tierarzt hatte ihr eine Spritze gegeben, und statt sie auf dem fremden, kalten Tisch sterben zu lassen, hatten wir sie mit nach Hause genommen und sie auf ihren Lieblingsteppich gelegt. Dann setzten wir uns neben sie und sahen zu, wie das Leben aus ihr entwich.

Mit einer Geschwindigkeit, die uns überraschte, versteifte sie sich zu einem C, ihr Körper starr und hart wie Holz. Ich trug dieses zusammengerollte Etwas in den Garten und legte es in die Grube, die Charlie ausgehoben hatte. Wir waren erst kurz zuvor eingezogen, raus aus der Stadt, den Kopf voller Pläne. Dies war eine unserer ersten Erinnerungen im neuen Haus. Aber wir brauchten schönere Erinnerungen.

Regentropfen prasseln gegen die Fensterscheibe wie Nadeln, und Charlie und ich lieben uns, so gut wir eben können. Höflich, unter blinder Beachtung kleinster Details. Die Lehrbücher würden sagen, wir *befriedigen* einander. Wir benötigen keine Eingebung oder Leidenschaft oder auch nur größere Anteilnahme, solange wir körperlich anwesend sind und peinlich genau unsere Aufgabe erfüllen. Ich liege da und frage mich, ob es auf der ganzen Welt noch etwas gibt, das dem Sex gleichkommt, der Art, wie Sex Kränkungen in sich aufnimmt und verwandelt.

Im Zimmer um uns herum – ein Garderobenständer, ein Korbstuhl, ein Stapel Illustrierte, mit Staub überzogen, Kleiderschränke. Unter mir dieses stabile Bett, in dem ich geschlafen habe. Die erbarmungslose Unschuld unserer Gegenstände. Ich blicke Charlie an. Ich sehe, dass er bereits die eigentümlich traurige Schönheit von Menschen angenommen hat, die wir belügen.

An dieser Stelle kommt die Nostalgie ins Spiel. Denn natürlich war es nicht immer so um uns bestellt, und man tut gut daran, das nicht aus den Augen zu verlieren. In den trägen, grauen Perioden, die uns immer schneller überfallen, ist der einzige Ort, an dem wir Trost suchen können, die Vergangenheit. Wo waren wir glücklich gewesen? Wann? Was hatten wir unternommen?

Unsere Stadt hat einen See, wir wohnen auch nicht weit vom Meer. Es hat einmal eine Zeit gegeben, wo wir uns durchaus bemühten. Wir suchten im Sand nach Herzmuscheln oder sammelten in den Untiefen Miesmuscheln. Wir stellten uns gern in den Wind und atmeten den würzigen Geruch des Ozeans ein. Das ist ein Bild, an dem ich mich festhalte. Wie Charlie, die Ärmel aufgekrempelt, die muskulösen Arme unter Wasser, eine Muschel vom Felsen reißt. Mir über die Schulter hinweg von Wein und Butter erzählt. Sagt, dass er sie bereits schmecken kann. Bevor wir zum Auto zurückgehen, küsst er mich. Auf seinen Lippen der scharfe Geschmack des Salzwassers, die Berührung seines unrasierten Gesichts wie eine Brandwunde auf meiner Haut. Wir schauen in unsere Taschen. Wir sind aufgeregt. Wie Kinder an Halloween, mit ihrer Ausbeute an Süßigkeiten. Es war albern, aber so waren wir nun einmal. Alles, was wir gemeinsam taten, war uns wichtig.

Wenn wir dorthin nur zurückfinden könnten, denken wir, wird alles wieder im Lot sein. Aber was es auch ist, worauf wir setzen, es will sich einfach nicht einstellen. Die hellen Flecke, die sich über Monate erstreckten, sind zu winzigen Lichtpunkten geschrumpft. Und dazwischen nur dieses eintönige Grau. Was verschwindet, ist das Gefühl für Kontrast. Es gibt keine Jahreszeiten, keine Gipfelpunkte, keine Talsohlen, keine Mitternachtssonne, nichts.

Was uns quält, sind nicht die Dinge, die wir sagen. Wir können die Luft mit Worten verstopfen, um andere Worte fernzuhalten. Da sind Haushaltspflichten, die aufgeteilt werden müssen, Verschönerungsarbeiten, wenn es kühler wird. Wir hängen die Wäsche nach draußen und bestaunen die heiße, heiße Sonne, die den Teer auf den Straßen zum Schmelzen bringt, die Luftspiegelungen überall. Wir treffen Verabredungen mit unseren Freunden und reden von einem Urlaub im November. Ein hübsches Hotel irgendwo im Süden. Solange wir planen können, sind wir sicher. Wenn wir erst einmal damit anfangen, nur noch zurückzuschauen, ist es aus.

Im Tal ist ein Wind aufgekommen, schonungslos und scharf. Er drängt sich in unsere Gedanken, sodass wir über kalte und warme Fallböen sprechen, über den langen, ununterbrochenen Flug der Kondore, über Heißluftballons und Drachenfliegen. Über alles und jedes. Wir sitzen draussen und trinken ein Glas. Ich betrachte Charlies Profil. Wer schon einmal ein amerikanisches Fünfcentstück gesehen hat, und zwar die Kopfseite, der weiß, wovon ich rede. Ein energisches Kinn. Kraft. Ich betrachte Charlie, und was ich sehe, ist, wie beharrlich er sich jedem Tag aufs Neue stellt, wie stoisch er seine Hemden bügelt, wie rätselhaft die Welt ihm im Grunde ist. Dass er an zu vielen Tagen voller Zorn erwacht. Ich möchte meine Hand ausstrecken und ihn berühren. Da ist der Schenkel, den ich einmal begehrt habe, die Schulter, der Unterarm, die Stelle zwischen seinen Beinen. Das ist das Schlimmste von allem – die Rückstände von Liebe zu verspüren, wie eine Glut, die sich nicht mehr schüren lässt.

Und doch gibt es Zeiten, da wir all unseren Mut zusammennehmen. Bei Kerzenlicht zu Abend essen oder am Strand ein Picknick veranstalten. Wir breiten unser Zeug auf der Decke aus und konzentrieren uns auf die Segelboote, die den Horizont durchstoßen. Sonntags machen wir im Wald lange Spaziergänge. Wir tun, was von uns erwartet wird, und harren der gewünschten Wirkung. Aber diese Unternehmungen sind eine Form von Grausamkeit. Sie dienen nur dazu, zu entlarven, was uns abhanden gekommen ist. Wenn wir einander nicht bei Mondschein lieben können, was für Chancen bleiben uns dann noch?

Heute Morgen trinken wir draußen Kaffee. Charlie blickt zum Himmel auf und sagt zu mir: Ich glaube, es wird schon noch. Er spricht vom Wetter – vom Tag –, aber beide erfassen wir den unbeabsichtigten Sinn seiner Worte. Er lächelt, verlegen, beinahe selbstzufrieden. Ich kann nicht anders. Charlie, sage ich, erinnerst du dich noch an Croyde? An den endlos langen Strand?

Ja, an den Strand erinnere ich mich, sagt er.

Ich rede nicht vom Strand.

Wovon redest du dann?

Von hinterher, als wir reingegangen sind. Erinnerst du dich noch?

Sollte ich?, fragt Charlie und mustert wieder den Himmel.

Ich schon. Ich wollte zur Abwechslung einmal mit dir schlafen, bevor wir ausgehen. Weißt du, was du getan hast? Du hast mich ausgelacht, als hätte ich einen abgeschmackten Witz gemacht. Und als du gesehen hast, wie wütend ich war, hast du versucht, mich zu beschwichtigen. Hast gesagt, wir könnten doch miteinander schlafen, wenn wir abends nach Hause kämen, und ich habe gesagt: Wenn wir nach Hause kommen, werden wir betrunken sein.

Charlie schüttelt den Kopf und schaut mich nicht an. Ich bin mir nicht sicher, ob ich mich daran erinnere, sagt er.

Damals waren wir noch nicht einmal lange verheiratet, Charlie. Wir hätten ein Liebespaar sein sollen und nicht irgendwelche Leute, denen die bloße Vorstellung unangenehm ist.

Ich warte seine Reaktion ab.

Gestern habe ich in der Zeitung gelesen, sagt er schließlich, dass Leute, die nicht wissen, dass sie HIV-positiv sind, länger leben als Leute, die sich behandeln lassen.

Sieh mal an, sage ich.

Ich verfolge die Sache nicht weiter. Ich bin nicht daran interessiert, in Erinnerungen zu schwelgen. Ich will nur, dass er Bescheid weiß. Ich will, dass es einmal festgehalten wird. Dass die Wendepunkte sich zu einer Zeit ereigneten, an die er sich nicht einmal erinnert.

Unsere Nachbarin, Mrs Harrington, beklagt den Vormarsch des Unkrauts auf ihren Gartenwegen. Über das Thema, wie es zu vernichten sei, lässt sie sich mit Leidenschaft aus. Charlie geht zu unserem Schuppen und stöbert den Zerstäuber auf. Mutig schnallt sich Mrs Harrington den Zylinder auf den Rücken und spritzt in gebückter Haltung die giftige Flüssigkeit auf den Boden. Sie trägt Mundschutz und Sonnenbrille und sieht aus, als gehe sie einer absonderlichen, nicht ganz rechtmäßigen Tätigkeit nach. Mit triumphierender Miene gibt sie uns das Sprühgerät zurück. Wieso, frage ich mich, besprüht sie das Unkraut, wo doch ihr Haus um sie her zusammenfällt, ihr Ehemann säuft und immer wieder abhaut, ihre Kinder flennen?

Ganz einfach, sagt Charlie. Kontrolle.

Mir fällt auf: Unser eigener Garten ist vernachlässigt, tagelang flattert die Wäsche auf der Leine, ich schaue nicht mehr so oft zum Fenster hinaus. Das kleine Grab mit dem

Stein, der es markiert. Dass eine unserer ersten gemeinsamen Erfahrungen in diesem Haus der Tod war. Im Bett versuchen wir, einander nicht zu berühren. Stumm und steif liege ich auf meiner Seite, er auf seiner. Miteinander zu schlafen ist eine ebenso befremdliche Vorstellung geworden wie einander Gewalt anzutun.

Wir drängen voneinander fort, reißen uns mühsam voneinander los, wie ein zäher Faden Karamell. Der Raum zwischen uns dehnt und verformt sich und enthält doch noch Anteile von uns. Er kann Dinge aufnehmen, von denen wir es nie vermutet hätten. Scheitern. Andere Menschen. Notlügen. Unsere geschlossenen Schlafzimmertüren sind wie zwei Kämpfer, die sich auf einem Flur gegenüberstehen.

Behutsam versuchen wir es mit Greifbarem. Was ist deins, was ist meins. Was hast du ins Herz geschlossen, was ich. Wer von uns beiden kann was verschmerzen. Es sollte sich konkret anfühlen, gegenständlich. Doch fühlt es sich eher unwirklich als wirklich an, als sprächen wir in einer fremden Sprache, die keiner von uns gut beherrscht, oder schöben banale Dinge vor, weil wir nicht einmal Ärger empfinden. Wir schütteln den Kopf, als könnten wir es eigentlich nicht fassen.

Was am banalsten wirkt, ist diese unterwürfige Hinnahme unseres Scheiterns, unser fast freundliches Einverständnis. Aber das war schon immer unser Problem: dass wir vor der Zeit alt geworden sind, dass das Schweigen zwischen uns ein Schweigen war, das wir uns nicht verdient hatten.

Das Gästezimmer ist mit Kartons vollgestellt, die darauf warten, gepackt zu werden. Charlie und ich tun so, als sähen wir sie nicht. Wir tun so, als hätten wir uns an der widerwärtigen Aufgabe, Pappkartons aus dem Supermarkt herbeizuschleppen, nicht beteiligt. Es beschämt uns, unser Leiden in so alltäglichen Handlungen gespiegelt zu sehen. Jedes Mal, wenn ich packen gehe, halte ich inne.

Rundum Erinnerungen. Straßen, die ich wohl nie befahren werde, ohne an ihn zu denken. Gebäude, Fleischerläden, schmiedeeiserne Tore, Biegungen, Ausweichstellen, an denen wir gehalten hatten, um die außergewöhnlichen Tage auf uns wirken zu lassen. Windrichtungen, Tageszeiten, Lebensmittel im Regal, Tiere. Und Wasser, immer wieder Wasser.

Da ist der hohe Baum, die Insel, die Anlegestelle, die Boje, das verrostete rot-weiße Boot, das nicht mehr an demselben Platz vertäut liegt wie im letzten Jahr. Der See selbst, Charlies Traum, auf ihm zu wohnen, die Art, wie er mit einem Ski Slalom auf ihm fuhr und hinter sich einen Bogen Gischt aus ihm herausschnitt wie die Feder eines alten Gänsekiels.

All diese Dinge gehören zu unserer Mythologie.

Eines Abends, als er den Rasen mäht, entdeckt Charlie in einem überwucherten Winkel des Gartens einen Pflaumenbaum.

Schau mal, sagt er, *was wir haben*.

Er steht in der Tür, in den Armen hält er Pflaumen, wie einen unverhofften Gewinn. Ein paar entgleiten ihm und fallen auf die Fußbodendielen im Flur. Sie sind so reif, dass beim Aufprall ihre Haut aufplatzt.

Hol eine Schüssel, sagt er, wir pflücken sie, bevor sie verfaulen.

An diesem Abend ist der Himmel feuerrot. Charlie lässt den Rasenmäher auf dem Gras vor sich hinbrummen, während wir Pflaumen einsammeln. Mehr, als wir essen können. Noch während wir sie gierig horten, weiß ich, dass sie in ihren Schüsseln auf der Küchentheke verfaulen werden, jedenfalls die meisten. Doch einen kurzen Augenblick lang fühlen wir uns reich beschenkt, sind wieder verliebt. Haben das Gefühl, noch einmal eine Chance zu haben. Freude, Früchte, ein später Sommerhimmel. In meinen Augen brennen Tränen.

Ich gehe wieder hinein und wasche pflichtbewusst Pflaumen, sortiere die zerquetschten aus und wähle ein paar fleischige zum Essen. Ich setze mich ans Fenster und sehe zu, wie Charlie im fahler werdenden Licht den Rasenmäher hin und her schiebt. Wieder das alte Bedürfnis, ihn zu berühren. Dieser winzige Lichtpunkt. Und dann ist er verschwunden. Ich kann es sehen. Ich sehe, wie müde und besorgt Charlie ausschaut, und ich weiß, was er weiß. Dass nichts mehr uns gehört. Wir haben nichts.

LIEBE

Stellen Sie sich eine Silhouette hinter einer Fliegengittertür aus weißem Holz vor. Sie trägt ein verblichenes Kleid mit Blümchenmuster und ein Kopftuch. Ihre Augen sind ausdruckslos, ihre Arme fest unter den Brüsten verschränkt – eine Haltung, die Resignation ausdrückt. Gleich wird sie hören, wie der rote Gummiball gegen die Schindeln des Hauses prallt und ihre dumpfe Träumerei unterbricht. Sie wird die Juliwolken bemerken, niedrig wie Dampfwalzen. Schweiß in den Falten ihrer Haut. Ihre grauen Augen so tränenschwanger wie die Wolken.

Es gab einen Ort für sie beide. Es gab Abende von reinem Gold, Sonnenlicht, das sich in Lachen auf den Dielenbrettern sammelte. Jenes Licht, das von einer Meile zur nächsten anders ist. Hinter der Hecke wild wachsende Brombeeren, deren Saft in die Linien ihrer Handflächen blutete. Sie steckte ihm immer ihre Finger zwischen die Lippen, und er gab sie ihr sauber zurück. Seine Zähne, die sich violett verfärbten von all dem Saft. So viel Farbe, sagte sie, die Welt muss geborsten sein.

Herbst. Der Sprungseilrhythmus jener Tage. Der schienbeinhohe Nebel, der über den Feldern hing, ein Junge und ein Mann, die ihn durchwateten. Die sich mit gesenktem Kopf unterhielten. Wie es schien, stets über Gewichtiges.

Aber nein. Der Junge ist noch klein. Wahrscheinlich nur über irgendwelchen Unsinn. Was Sterne sind oder warum von einer runden Erde niemand herunterfällt.

Herbst, als das Dunkel sich rascher herabzusenken begann. Die Luft erstarrte, der Himmel wurde ein stumpfes Weiß, und sie wussten, bald würde es Raureif geben. Kälteeinbrüche, dann eingeschneit. Alles reglos. Tiefster Winter. Bis eines Tages Knollen durch das schwarze Erdreich brachen. Frühling, die Jahreszeit seiner Geburt. Aber das war in der Vergangenheit. Als es noch Trost gab, selbst in der Finsternis.

Ein Motelzimmer. An der I-95. Die Laken etwas angegraut, aber das Licht auch, sodass sie es kaum bemerkten. Die Neonreklame vor ihrem Fenster leuchtete grell auf wie Blitze. Von draußen drangen Gesprächfetzen zu ihnen, leise und unverständlich. Eine Weile lang taten sie so, als wären sie Gangster und als gehörten die Schuhe, die über den Parkplatz schlurften, Polizeibeamten.

Messungen zufolge war es der heißeste Sommer, den es je gegeben hatte. Eine altersschwache Klimaanlage, die am Fenster hing, pumpte eine eigentümlich kalte Brise durch das Motelzimmer. Trocknete den Schweiß und hinterließ eine Art Kruste auf ihrer Haut. Im Dunkeln schmiegte sie sich enger an ihn, und sie lachten über all die eingebildeten Verbrechen, die sie begangen hatten.

Im Bett wolle sie Bier trinken, hatte sie gesagt. Was immer sie wünsche. Damals war er starker Raucher, und er hielt ihr seine Zigarette an die Lippen. Sie nahm tiefe Züge, von denen ihr fast schwindlig wurde, und rieb mit dem Handteller kreisförmig über seinen flachen Bauch. Gestreifte Unterhose und ärmelloses Unterhemd. Seine straffe Haut so klebrig wie eine Oberfläche, auf der man etwas verschüttet hat. Sie rollte die kalte Flasche über ihre Wangen, um diese zu kühlen. Der Komiker im Fernsehen machte Scherze über die Hitzewelle. Ihr Kopf hob und senkte sich auf seiner Brust, und am Ende des Bettes verhedderten sich die Laken.

Am nächsten Tag rasten sie nach Hause, als befänden sie sich auf einer Startbahn. Wie schnurgerade die Straße war, wie die Luft vor Hitze flimmerte. Sie ließ die Füße aus dem Seitenfenster hängen, er die Hand auf ihrem sommernackten Schenkel ruhen. Mit den Fingern zeichnete sie die Venen seiner Hand nach, hervortretende grüne Rinnsale von Blut, die die Innenseite seines Arms und seine Ellbogenbeuge entlangliefen, dann weiter oben seine Halsschlagader, seine Schläfenader. Wie das Blut durch seinen Körper pumpte.

Sie führte es zurück auf jene Nacht im Motelzimmer, irgendwann in einer Pause zwischen jenen perfekten Verbrechen. Irgendwie wusste man immer, wann genau es passiert war.

Ihr Bauch schwoll an. Die Luft zog sich vor Kälte zusammen. Im Dezember gefroren die Rohre und platzten. Sie musste an seine warmen Venen im Sommer denken, dick und voll.

Es gab eine Kindheit, wenn auch nur kurz. Als der Junge laufen lernte – krummbeinig, wie sie das so tun –, ließ sie immer seine Hand los, und dann taumelte er weiter, bis er allmählich zum Stehen kam. Ein Kreisel, der an Schwung verliert. Gewöhnliche Dinge dieser Art. Wenn er die Stirn an die Fensterscheibe drückte, um zuzusehen, wie der Regen das Feld überschwemmte, der Bach über die Ufer trat. Ein paar tiefblaue Sommer. Staub, der von der steilen Asphaltstraße zum Haus aufstieg. Er stampfte immer mit den Füßen, als ob der Staub eine Wasserpfütze sei, lachte darüber, wie er um seine Knie wirbelte, seine weißen Schuhe beschmutzte. Aus kleinen Plastikröhrchen pustete er Seifenblasen, die in allen Farben des Prismas schillerten. Er liebte die Salamander im Bach, das Buntstiftrot gewisser Himmel, den Ackerboden, tief und säuberlich durchfurcht von Traktoren, deren Reifenspuren in der Erde festgebacken waren. Über sich, in unerreichbarer Höhe, sah er Kondensstreifen. Dann nur noch weiche Rauchwölkchen, dann nichts mehr.

An einem Tag im April ging sie zur Abendbrotzeit aus dem Haus, um ihn zu rufen. Rief seinen Namen über das hintere Feld, aber da war er nicht. Plötzlich, als sie den Blick ihres Mannes auffing, setzte panische Angst ein, schien sie beide im selben Moment zu erfassen. Er rannte nach hinten in Richtung Bach. Rannte zwischen den Bäumen hindurch. Durch das blassgelbe Dämmerlicht. Den abschüssigen Garten hinunter zu der Stelle, wo der Ball hingerollt war und wo der Junge lag, mit dem Gesicht im Wasser. In der Erde sah er eine glatte Spur, wo der Junge in der Nässe ausgerutscht war. Sah die blutende Wunde an seinem Kopf, wo er ihn an einer scharfen Felsspitze aufgeschlagen hatte. Er zog seinen Sohn aus dem Bach, versuchte mit der flachen Hand das strömende Blut zu stillen, ihm seinen Atem einzuhauchen. Als sie bei ihnen ankam, nahm sie den Jungen und schüttelte ihn, als schlafe er nur und träume von Dämonen. Dann drückte sie ihn an ihre Brust, setzte sich neben ihren Mann ans Ufer, und sie weinten so lange, als wäre es für die Dauer eines ganzen Lebens.

Es gab ein Begräbnis, aber alles in Miniatur. Es war zu wenig Zeit gewesen, als dass sich sein Leben mit Trauergästen hätte füllen können. Die Haut, die aufgeklafft war und so reichlich geblutet hatte, war jetzt sauber und glatt; der Junge blond und engelgleich in seinem Anzug. Wie schön das war. Wie grotesk. Wie ein Begräbnis in einem Puppenheim.

Ihr Kopf ruhte auf der Schulter ihres Mannes. Er trug Gamaschen und einen grauen Filzhut. Das Gras war ostergrün. Wie ihre Körper zu zerfallen schienen, als sie sahen, wie der Junge im Erdboden verschwand. Gott, wie sie weinten. Wochenlang konnte sie nichts essen, und ihre Knochen begannen, wie Finger auf ihn zu zeigen.

Sie sprachen kaum, und eine Zeit lang konnten sie es nicht ertragen, einander zu berühren. Sie waren zu sehr wie Spiegel, in denen ihre schlimmsten Versäumnisse geschrieben standen und sie anstarrten. Nicht länger glatthäutig. Nicht länger braun, keine Venen, kein lebensspendender

Puls. Ihr Innerstes war nach außen gekehrt, ganz verzerrt und bösartig. Wer hatte Schuld? In jenen Minuten, als sie weggeschaut hatten? Als sie ihm den Rücken zugewandt hatten oder mit ihren Gedanken woanders waren und der Junge den Abhang hinunterjagte. Der Mann war am Stellplatz gewesen und hatte Holz gehobelt. Als er hereingekommen war, um sich die Hände zu waschen, hatte er sie an der Spüle angetroffen, wo sie irgendetwas schälte und ausdruckslos aus dem Fenster starrte. Es war ihr nicht einmal aufgefallen, dass der Garten leer war.

Später fragte sie sich laut, was, wenn er schneller gerannt wäre, und er entgegnete, was, wenn sie nicht eine so gottverdammte Tagträumerin gewesen wäre. Wenn du einfach aufgepasst hättest, sagte er, und sie erwiderte ihm rundheraus: Du warst doch da, du warst doch genau da. Hast du ihm je gesagt, fragte er sie, hast du ihm je gesagt, wie gefährlich es ist? Verdammt, ich hab's ihm nicht nur einmal gesagt, sondern tausendmal.

Sie hörte ihn immer schluchzen. Lehnte an der Wand vor ihrer Schlafzimmertür, schloss die Augen und lauschte ihm, wie sie einem tragischen Musikstück lauschen mochte. Seiner besonderen Kadenz. Das rasche, heisere Einatmen, dann das lange, stoßweise Ausatmen. Auch ihr rannen Tränen übers Gesicht, bis er endlich aufhörte, bis seine Atemzüge langsamer und tiefer wurden und es nur noch Leere gab und eine schreckliche Erleichterung, als hätten sie sich auf perverse Art geliebt.

Eines Tages hört sie ihn singen. Leise und nur für sich. Ein Jahr, vielleicht mehr, und er singt. Sie fragt sich, ob sie ihn je hassen könnte. Aber nein. Es geht weiter, denkt sie, es muss weitergehen. Sie erinnert sich, wie er ihr im Auto immer vorgesungen hatte. Das war noch vor dem Jungen. Ein Kasten Bier im Kofferraum. Sommertage mit langen Spazierfahrten, unendlich weiten Feldern, glatten, ebenen Straßen, die durch wogendes Gold führten. Lass uns so tun, als wären wir im Texas Panhandle, Schwester, auf dem Weg zum Rio Grande. Spiele, die sie immer spielten. Auf der Flucht vor der Polizei, Bankräuber vielleicht, die Beute am Fahrgestell festgeschnallt. Das sorglose Leben, das südlich der Grenze auf sie wartete. Und dann sang er eine Art spanisches Lied und schnalzte mit den Fingern in der Luft wie zu einem Bolero.

An Wintermorgen verlässt er das Haus, noch bevor die Sonne ganz aufgegangen ist. Sitzt manchmal rauchend im Wagen, während der Motor warmläuft, starrt auf sein eigenes Zuhause, als wäre er ein Landstreicher mit verbrecherischen Absichten. Er hebt das Gesicht zum Rückspiegel, zieht die Finger über die Wangen, gibt ihnen einen sanften Klaps wie ein Mann nach der Rasur. Falten. Leicht verschleierte Augen. Er denkt an tiefen, ungestörten Schlaf, daran, dass er weiß, wie langsam dieser Tag vergehen wird, wie sehr die Nacht sich dehnen wird, die vor ihm liegt. Ein Drink. Er lechzt nach Dingen auf eine Art, die neu und ungesund ist.

Einmal, vor Jahren, direkt vor ihm, vor der Stelle, wo das Auto jetzt vor sich hintuckert. Nach dem Abendessen sitzen sie beide auf der Verandatreppe. Er lehnt mit dem Rücken am hölzernen Pfeiler. Mach die Augen zu, sagt sie. Mit einem Löffel schiebt sie ihm Eiskrem in den Mund und fängt den Klacks an seiner Lippe auf, wie man es bei einem Kind tut. Vier Löffelvoll, fünf, und dann überrascht sie ihn mit einem Kuss. Die sonderbare Kälte ihrer Zungen. Er schlägt die Augen auf und sieht, dass ihre geschlossen sind. Spürt ihr Gewicht auf sich. Es gibt in der Welt kaum etwas Besseres.

Sie räumten die Teller weg und fuhren den Hügel hinab in Richtung Stadt. Lichterketten, die über den schwarzen Himmel geschnürt sind. Wie zu Weihnachten. Ja, wie in Las Vegas, damals, als sie von Westen her auf die Stadt zugefahren waren. Als ihnen der Atem gestockt hatte. Ihr zumindest. Jetzt zappelt sie auf dem billigen Sitzpolster herum. Trinkt Wein aus der Flasche. Berührt ihn. Streicht mit dem Handrücken über sein Kinn. Wo der schwere Schatten in seinem Gesicht zu weicher Haut wird. Plötzlich scheint es endlos zu dauern. Die ganze Zeit in der Stadt und dann wieder die lange Heimfahrt. Nein, sie können nicht mehr warten. Er biegt in einen ausgefahrenen Feldweg zwischen Brombeergestrüpp, schaltet die Zündung aus, und im Dunkeln tasten sie nacheinander. Wenn er ein Einzelbild seines Lebens für immer festhalten könnte.

Jetzt sitzt er vor demselben Haus. Die Veranda mit dem hölzernen Geländer und dem aus Rohr geflochtenen

Zweiersofa. Blumenkästen, blätterlose Reben, die sich zu einer Helix verschlingen. Wie an Sommerabenden immer das Sonnenlicht einfiel, wenn sie die nackten Füße aufs Geländer legten, das Radio lief und die wichtigsten Nachrichten von auswärts kamen.

Die Farbe begann abzublättern, und sie schabten, schmirgelten und strichen. All die Jahre über immer dasselbe Haus. Schließlich sah jede einzelne Reparatur nur noch nach Flickwerk aus – wofür sie sich ein wenig schämten, wenn sie ehrlich waren. Ein Gefühl der Trägheit hatte sich eingeschlichen. Ihre Träume hakten sie einen nach dem anderen ab, nicht weil sie sich erfüllt hatten, sondern weil sie begriffen, dass sie sich niemals erfüllen würden. Doch beim ersten Hausanstrich war es anders gewesen. Als hätten sie sich auf eine neue Wette eingelassen. Sie traten zurück und bewunderten ihre Arbeit. Erstaunlich, was ein bisschen Farbe ausmacht. Standen schweigend dort im stillen Abend und hatten beinah Angst, sich zu rühren. Ja, sogar Angst, zu tief Luft zu holen, für den Fall, dass das Haus nur ein Kartenhaus wäre. Damals waren sie noch nicht lange verliebt und behandelten alles mit übertriebener Achtsamkeit. Später hatten sie zum Abendessen Steak gegessen und sich sehr behutsam geliebt, als warteten sie darauf, dass sich etwas setzte.

Nach dem Tod des Jungen steht sie oft dort in der Tür und starrt hinaus, so wie der Mann morgens von seinem Autositz aus hinausstarrt. Sieht zu, wie der Bach bei

Regen anschwillt oder die sinkende Sonne das Feld gelb färbt. Sie hört Dinge – Geräusche: den Ball, der gegen das Haus prallt, einen Jungen, der schreit. Doch wenn sie die Tür aufstößt, ist niemand da, und nichts springt den Weg entlang. Nur eine leicht gespenstische Atmosphäre liegt über dem Garten, so als schwinge im Wind eine leere Schaukel.

Sie steht an der Hintertür. Ihr Körper ist um die Taille herum fülliger geworden. Sie versucht, sich an eine Zeit zu erinnern, da diese Mattigkeit sie noch nicht geplagt hat. Blickt hinaus auf den Garten, auf die Biegung der Straße, die leer ist, so leer, als wäre sie auf den Kopf gestellt worden und alle Anwohner herausgepurzelt. Die Luft ist weiß. März war nie das eine oder das andere, sondern immer etwas Halbherziges. Sie greift in eine Speckrolle und schüttelt sie, wie man eine Hand schüttelt.

Sie denkt an jene Dinge, die sie nie hätte tun sollen. Wenn ich noch einmal von vorn anfangen könnte. Was alle sagen. Höchstwahrscheinlich würde sich sehr wenig ändern. Sie würde immer noch alle beide haben wollen, den Mann und den Jungen. Und alles andere würde daraus folgen, genau wie damals. Sie sieht den Jungen, der nicht mehr da ist. Die gezackte Felskante. Das Wasser, so flach, dass es sie fast zu verspotten schien. Sie hört das Echo von Spielen: das Hin und Her des Two-Square-Balls, das Kreidekratzen auf dem Gehsteig, das Hopsen beim Hickelkasten, das Händeklatschen beim Jacks-Spiel. Hadert mit sich, weil sie sich verzehrt.

Sie versucht sich einzureden, dass nichts nur schlimm ist. Dass kein Verlust total ist. Selbst diese schauerliche Stille nicht. Selbst diese Leere nicht, die sie ja fast ausfüllen kann.

Eine Beere, von Mund zu Mund gereicht wie Atemhauch. Die Stimme des Mannes, seine kräftigen Hände, seine erstaunlich weichen Haare. Zigaretten am Morgen. Auf dem Autositz. Oder im Bett. Sogar unter einer Brücke. Wie sie sich mit allen Sinnen danach sehnten. Ihr Schenkel, zwischen seine Beine gekeilt, ihr Rücken gegen die Wand gedrückt. Seine Gestalt im Morgengrauen in der Küche. Dann hinaus in den Regen.

Aber wenn sie es beschreiben müsste – was ihr immer wieder in den Sinn kommt, ist der Friedhof. Seine Schuhe im nassen Gras. Wie der Tau auf den Schuhspitzen glänzte. Der weiche graue Filz seines Hutes, der sich zur Erde neigte. Das schwarze Hutband. Wie die Muskeln in seinem Kiefer sich verhärteten und wie er später mit den Fäusten gegen die Wand hämmerte, dieser dann den Rücken kehrte und zu Boden glitt. Das war für sie Liebe.

Allmählich empfinden sie wieder so etwas wie Glück. Beinahe vergessen sie. Sogar von einer Wiedergeburt könnte man sprechen, auch wenn sie das Wort nicht benutzen. Es ist eher der Trost, der darin liegt, sich das Unausweichliche einzugestehen. Als klar wurde, dass sie ineinander lebten und stets ineinander leben würden. Dass eine Trennung darauf hinausliefe, sich eines Schatzes unentbehrlicher

Erinnerungen zu berauben. Der frühesten, der prägenden. Der Dinge, die man stets gewusst hat, und jener kurzen Momente, wenn man sich abspaltet, wenn man voller Wärme an einen alten Freund denkt, bis man merkt, dass man selbst es ist, an den man denkt.

Aber es war, als müssten sie zuerst an einem Tiefpunkt angelangt sein. Wenn man zu lange auf Rettung von außen gehofft hat. Sie warteten auf den Frühling, der sie mit seinem Vogelgesang und seinem Licht wieder zum Leben erwecken mochte; dann auf den zu Unbekümmertheit mahnenden Sommer; auf die Katharsis des Herbstes; und schließlich auf den unberührten Schnee des Winters, wenn auch sie auf ihre Anfänge zurückgeworfen wären wie die kahle Natur dort draußen. Doch die Beschuldigungen hatten begonnen, sich zu verhärten, und mussten nicht einmal ausgesprochen werden. Und die Kälte, die zwischen ihnen herrschte, war gegen etwas so Einfaches wie die Jahreszeiten längst immun geworden.

Sie redeten nur selten, und an den meisten Abenden tranken sie viel. Er wurde unwirsch und stapfte schwerfällig wie ein großes grübelndes Tier durch das halb erleuchtete Haus. Sie wurde weinerlich, saß im Dunkeln auf der Treppe, schluchzte und lachte dann spöttisch über die eigenen Tränen. Sie dachte daran, ihn zu verlassen, doch er kam ihr zuvor. Nur für ein paar Tage, aber das war genug. Übernächtigt kehrte er zurück, voller Verlustgefühl. Sie stellte ihm Fragen, die er nicht beantworten konnte. Es gab Dinge, an die er sich nicht recht erinnern konnte. Er wirkte nervös, wie jemand, der ein Verbrechen begangen hat. Aber er schwor hoch und heilig, mit einer anderen Frau habe es nichts zu tun. Nur ein unbeholfener, kurzer Ausbruchsversuch. Nächtelang lag er wach und wälzte sich im Bett, noch ganz benommen von den Nachwirkungen des Alkohols.

Da sprachen sie davon, neu anzufangen. Entweder das oder nichts. Sie saßen am Tisch und seufzten schwer, wie nach dem Liebesakt. Seine Haut sah grau aus, und zum Streiten waren sie beide zu müde. Sie kamen sich klein vor, als sie sich umschauten und nur sich selbst sahen. Kinder, deren bunte Bauklötzchen umherlagen und darauf warteten, wieder aufeinandergestapelt zu werden. Sie redeten den ganzen Nachmittag hindurch bis in den Abend, bis sie leer und erschöpft waren. Im Bett an jenem Abend wiegten sie einander wie unter Schock stehende Unfallopfer. Sie beide hatten ihre Unschuld längst verloren.

Sie wundert sich darüber, dass in einem Leben offenbar so ein Gedränge herrschte, dass sie vieles vergessen mussten, um Platz zu schaffen für das, was noch kommen mochte. Unsicher, was geschehen oder nicht geschehen ist. Erreichtes und dann Aufgegebenes oder lange und inständig Ersehntes und vielleicht nie Erreichtes, das dennoch Erinnerung geworden ist. Wünschen gleichbedeutend mit Gehabthaben.

Ihre Vergangenheit fühlt sich an, als läge sie weit hinter ihnen. Ein Haus, das sie zu Beginn, vor langer Zeit, einmal bewohnt hatten und aus dem sie längst ausgezogen sind. Das ihnen fremd geworden, seiner Besonderheiten beraubt ist, sodass sie sich fragen, ob es ihnen je gehört hat. Sie sehen ihr Leben in den verblichenen Farben anderer Jahrzehnte. Farben, die es nicht mehr gibt.

Ihre Zukunft glaubt sie sich vorstellen zu können. Sie hat genügend Anhaltspunkte. Sie kennt seine Träume und kann sich fast sicher sein, was er tun und was er niemals tun wird. Sie kennt seine Grenzen – eine unliebsame Kenntnis – und somit die Konturen seines Niedergangs. Sie kann sehen, dass seine Schultern zu hängen beginnen, seine Wirbelsäule ist am unteren Ende nach innen gebogen, der Bauch steht leicht hervor: ein Körper, der auf dem besten Weg ist, in die Erde zu gleiten. Sie sieht vermoderndes Holz, Unkraut, das durch aufgesprungenen Zement wächst, einen holprigen Gehweg. Malerischen Verfall jeder Art. Wenn es still ist, denkt sie an ihn. Sie stellt sich vor, wie er abends auf der Stufe vor der Vordertür etwas schnitzt, zu seinen Füßen ein Haufen Späne. Einen kleinen Hund aus Zedernholz, der den Schwanz zu einem permanenten Wedeln hebt. Szenen süßer Vergeblichkeit.

Das ist die Zukunft, und sie weiß, es könnte schlimmer sein. Aber sie weiß auch, dass sie sich nach der Zeit zurücksehnen wird, als sie jünger waren, bevor sie ihre Grenzen kannten. Als sie am Tisch saßen, Tee oder Alkohol tranken. So viele Nächte brachten sie auf diese Weise zu. Unterhielten sich bis in die frühen Morgenstunden. Die Hände gefaltet oder um Tassen gelegt. Dann hob sie einen Finger an seine Lippen, und er öffnete sie. An der Form ihrer Knöchel war genau abzulesen, wie sie sich verkrümmen würden.

Lass uns so tun, als ob, sagte sie, und sie taten so, als ob. Als sich die Nacht pechschwarz ans Fenster drückte und sie in der Küche Bourbon tranken, über den Tisch hinweg einander mit den Augen maßen wie in einem Western. Ihre leeren Gläser wirkungsvoll auf den Tisch knallten. In jener Nacht Cowboys. Sie wappneten sich für eine Szene, die sie zu Ende zu spielen vergaßen. Stattdessen betranken sie sich lachend und schwankten leicht im Zimmer umher, als stünden sie bis zu den Hüften im Wasser. Wirbelten mit den Füßen Sediment auf, das sich vom Meeresboden löste und in Wolken um sie aufstieg.

POLYGAMIE

Er machte gerade eine Kaffeepause im Aufenthaltsraum der Dozenten und blätterte in einer Zeitschrift, als er es sah: in einem kleinen Quadrat ganz unten auf der Seite, unter einer Anzeige für Anti-Falten-Creme.

Er falzte die Seite säuberlich und riss das kleine Quadrat aus. Sorgfältig zusammengefaltet steckte er es in den Teil seiner Brieftasche, der normalerweise Geldautomatenquittungen vorbehalten war. Diese Auszahlungsbelege wurden auf Englisch *advice slips* genannt, »Ratschlagzettel«, enthielten jedoch zu seiner Enttäuschung nie auch nur den geringsten Ratschlag. Er wünschte sich, dass das kleine Papierfähnchen wenigstens einmal aus dem Automaten gerollt käme wie aus einer Art mechanischem Glückskeks und eine schlichte Weisheit verkündete: *Kaufen Sie Ihrer Mutter ein Geschenk,* könnte dort stehen. Oder vielleicht auch nur: *Geben Sie weniger Geld aus.*

Wenn er nach Hause käme, würde er das kleine Papierviereck an die Kühlschranktür hängen, dachte er, neben die Ansichtskarte aus Barcelona und die Speisekarte des Balti-Schnellimbisses. Er stellte sich vor, wie er mit müder Ironie darüber schmunzeln, es in eine amüsante Vexierfrage verwandeln würde, in ein philosophisches Rätsel. Wenn er seine Antwort aufsetzte – und das war seine feste Absicht –, würde es ihn, fast wie eine Mutter, an all das erinnern, was er der Welt zu geben hatte, dachte er.

Aber als er an jenem Abend nach Hause kam, sah er das Ganze in einem anderen Licht. Es kam ihm vor, als stelle es eine zu große Herausforderung, ja Bedrohung dar, den Ausriss so oft vor sich zu sehen; er schien ganz und gar nicht mütterlich. Er hielt ihn in der offenen Hand und fragte sich, wo er ihn hintun sollte.

Stellen Sie sich vor, war da zu lesen, *dass eine zukünftige Regierung von allen ihren Bürgern verlangt, schriftliche Gründe dafür zu nennen, weshalb sie weiterleben sollten, und senden Sie uns Ihre Antwort ein. (Antworten dürfen nicht mehr als 500 Wörter umfassen. Die Gewinner werden in der Februarausgabe bekannt gegeben.)*

Er schüttelte den Kopf. Genau so etwas könnte sich seine Ex-Frau ausgedacht haben, um ihn dazu zu zwingen, über sein Leben nachzudenken.

»Du musst mal Bilanz ziehen, Jim«, würde sie sagen. »Du musst wirklich mal Bilanz ziehen.«

In den darauf folgenden Tagen versuchte Jim, sich bei einem Akt der Freundlichkeit zu ertappen. Er suchte nach Gelegenheiten, seine Höflichkeit, seine Nächstenliebe, seinen guten Willen zu beweisen, Wechselgeld, das man ihm versehentlich herausgegeben hatte, zurückzuerstatten, älteren Menschen beim Einsteigen in den Bus behilflich zu sein. Doch bis auf die Pappbecher, die ihm die Obdachlosen, die Drogensüchtigen, die »Ausländer mit Aufenthaltsrecht« (»ortsansässige Außerirdische« genannt) entgegenhielten und in die er achtlos Münzen warf, ergaben sich keine Gelegenheiten; selbst die Blinden wirkten furchtbar selbstständig.

So dachte er an beliebige Fakten, die er in seinem Gedächtnis gespeichert hatte, Wissenssplitter, die ihm, wenn die Zukunft herannahte, das Recht auf Leben einräumen mochten. Dass es Aristoteles aufgrund eines patriarchalischen blinden Flecks versagt geblieben war, die Bienenkönigin zu entdecken. Dass es früher einmal einen kleinen Eckladen gegeben hatte, der von einer Frau mit nur einer Hand geführt wurde. Dass der Mädchenname seiner Mutter O'Donoghue lautete. Oder er rief sich sonderbare Aufgaben in Erinnerung, die er erledigen konnte, etwa einen Apfel so zu schälen, dass die Schale einen einzigen Streifen bildete. Doch als er sich am Abend hinsetzte, um dies alles aufzuschreiben, erschien es ihm belanglos und peinlich, und ihm kam der Gedanke, dass »Bilanz zu ziehen« eine grausame und ungewöhnliche Strafe sei.

Jim war Hochschuldozent für Psychologie, ein Tatbestand, der fast immer Erstaunen auslöste. Er wirkte ein wenig zu arglos, zu vertrauensvoll, als dass er sein Geld damit verdienen sollte, die Selbsttäuschungen des Geistes zu erforschen, die latente Bedeutung von Träumen und die Freuden eines symbolischen Vatermords zu erörtern. Eher wirkte er wie ein Mann, den man am Samstag seinen Rasen mähen sieht, ein Mann, den man nach dem Weg fragt, jemand, dem man seinen letzten Willen anvertrauen könnte, sein unbeaufsichtigtes Gepäck, seine Tochter. Er hatte eine Art, Menschen anzublicken, wenn sie sprachen, in der kindliches Staunen lag, so als sei er noch von ihren gewöhnlichsten Äußerungen fasziniert. Das war er natürlich nicht: Da er mit seinen Gedanken stets halb woanders war, hatte er sich zum Ausgleich eine Miene gespannter Aufmerksamkeit zugelegt. Einen verträumten Mangel an Interesse, der sich als interessierte Verträumtheit maskierte. Frauen hatten das an ihm geliebt, früher einmal.

Mit der Zeit jedoch waren sie es müde geworden, und er ebenso. Hatte er sich früher geradezu auf dem Silbertablett anbgeboten, so musste man ihn jetzt aus der Reserve locken, seine Liebhaberinnen mussten ihn betören wie Schlangenbeschwörerinnen. Denn wie oft schon hatte er die Geschichte seines Lebens erzählt? Und auf wie viele Arten und Weisen? Bei wie vielen Anlässen hatte er gewünscht, es möge der letzte Vortrag dieser Art sein? Die Erzählung möge *hier* enden, oder besser noch: zu einer gemeinschaftlichen werden, zu einer Doppelhelix, die sich durch die Luft seines Lebens, ihrer beider Leben flocht.

Als er Imelda kennenlernte, hatte die Erzählung tatsächlich geendet, zumindest hatte es den Anschein. Lange nachdem ihre Körper sich voneinander gelöst hatten, blieben ihre Umarmungen in der Luft bestehen, sodass die Zimmer ihres Zuhauses von Nachbildern ihrer selbst angefüllt schienen und er sich stets in Gesellschaft von Liebhaberinnen befand.

Sie war kognitive Verhaltenstherapeutin. Später fragte er sich, ob er sich nicht lieber in eine Frau hätte verlieben sollen, die einfacher gestrickt war, in eine Floristin vielleicht oder eine Krankenschwester. Als kleiner Junge hatte er davon geträumt, Arzt zu werden, Kinderarzt (von Neurochirurgen und Onkologen hatte er noch nie gehört). Jeden Abend würde er mit einer kastenförmigen schwarzen Tasche mit bunten Pillen, Zaubertränken und einem Stethoskop nach Hause eilen, zu einer Frau, die nur darauf wartete, ihn zärtlich willkommen zu heißen. Zu einer Krankenschwester, hingebungsvoll und sinnlich in ihrer weißen Tracht. (In seiner Vorstellung trug sie stets Tracht, selbst wenn sie am Herd stand und in einem Topf rührte.) Sehr freudianisch natürlich. Und unverbesserlich männlich. Aber er war ja nur ein kleiner Junge gewesen, und ohnehin war das Verlangen nach bedingungsloser Hingabe damals noch nicht als Verbrechen gegen das weibliche Geschlecht geächtet worden.

Als er Imelda kennenlernte, war an geeignetere Alternativen nicht mehr zu denken. Er verliebte sich, und sämtliche Berechnungen waren dahin. Er begegnete ihr in den Korridoren der Universität (sie war ein Trimester lang Gastdozentin), und er stellte sich sie beide als Blumen vor, die in einer Wüste akademischer Erklärungsmodelle blühten. Sie sprachen miteinander im Vorübergehen, so wie Bekannte auf der Straße – Menschen, die nur die gewöhnlichsten und harmlosesten Dinge voneinander wissen –, und in diesen Momenten empfand er, dass sich eine Art zarter Anarchie entfaltete. Denn hatten sie nicht beide – in jenen gesellschaftlich sanktionierten Stunden in der Cafeteria oder im Aufenthaltsraum der Dozenten – ausführlich über Verdrängung, Projektion und Abwehrmechanismen diskutiert? Über infantiles Begehren? Hatten sie nicht den Code der Psyche dechiffriert, deren Listen und Tücken entlarvt? Und das alles streng wissenschaftlich! Als hätten derlei Dinge nichts mit ihnen selbst zu tun, als hätten sie keinen Einfluss auf ihr Verhalten, auf ihre Angst voreinander, darauf, wie nahe sie ihm kommen oder nicht kommen konnte. Als ließen sie sich nur auf eine andere, frühere Version der Menschheit anwenden, die über sich noch nicht aufgeklärt war.

Zu seiner Enttäuschung heirateten sie nur standesamtlich.
»Was ist mit den Riten?«, fragte er leise.
»Welchen Rechten? Deinen? Meinen?«
»Nicht Rechten«, sagte er. »*Riten.*«
»Ach, Riten. Riten sind wichtig«, sagte sie. »Durchaus. Aber wir leben in einer post-rituellen Welt.«
»Das ist nicht wahr«, sagte er. »Alles, was wir tun, ist rituell.«
»Alles? *Alles,* was wir tun, ist rituell? Bist du sicher, dass du nicht Routine meinst?«
»Ich kenne den Unterschied zwischen Ritus und Routine.«
»Hast du noch nie bemerkt«, fragte sie, »dass Leute, Leute wie wir, wenn sie sich an Riten beteiligen, immer leicht … einfältig aussehen?«

»Oh, da bin ich mir nicht sicher«, sagte er. »Riten sollen eben allen etwas bieten, weißt du.«

Sie lächelte. »Vielleicht nicht«, sagte sie. »Aber es war ist liebenswerter Gedanke.«

Auch er lächelte. Er wusste nicht, ob sie damit seinen Reim meinte oder seinen Vorschlag, kirchlich zu heiraten.

Er war überzeugt, dass sie glücklich gewesen waren. Selbst jetzt noch wusste er, dass es eine solche Zeit gegeben hatte. Aber es war ein wenig wie die Kindheit: Hätte man zum Beweis nicht all die Fotos zur Hand, wäre es schwer zu glauben, dass es sie je gegeben hat. Er vermutete, dass sie heute voller Selbsterniedrigung von ihrer Ehe als einem »Fehler« sprach. (Wobei die Selbsterniedrigung natürlich die Funktion einer Selbsterhöhung hatte: Wie hatte sie nur so dumm sein können, jemanden zu heiraten, der so viel dümmer war als sie?) Denn er hatte sie enttäuscht. Er war ein Projekt gewesen, das sich nicht gerechnet hatte. Er wurde besser und besser, und bald war er normal. Aber besser als das wurde er nie.

Sie beschuldigte ihn, sie herabzuziehen.

»Du benutzt mich wie ein Medikament«, sagte sie.

»Wie ein *was*?«

»Wie einen Stimmungsaufheller.«

Er stellte sie sich als Friseurin vor, die seine Haare aufhellte und zugleich seine Stimmung.

»Vielleicht weiß ich ja, auf welche Tube du drücken musst«, sagte er lahm.

Sie stand mit dem Rücken zu ihm, beugte sich über die Spüle und sah hinaus in ihren Garten. Dort, an einem Punkt, den er kannte, aber nicht sehen konnte, schwitzten Kräuter unter Glas in einer Wärme und Ahnungslosigkeit, um die er sie beneidete.

»Jim«, sagte sie, »du stützt dich zu sehr auf mich. Das kann ich nicht ertragen.«

»Ich werde meine Körperhaltung verbessern.«

Warum nur, warum sagte er solche Dinge? Er wusste, dass sie sie hasste, seine kleinen Wortspiele, seine Witze. Aber er griff darauf zurück, weil er sich fürchtete. In dem kindlichen Bemühen, sich die Welt vom Leib zu halten, die ihm Angst machte, schloss er die Augen und verstopfte sich die Ohren, weil er glaubte, alles dort draußen zum Verschwinden bringen zu können.

»Weißt du, was dein Problem ist?«

»Was?«

»Dein Problem ist, dass du etwas ganz Besonderes sein willst, du willst außergewöhnlich sein, aber du hast Angst, dass du es nicht bist, und deshalb hast du dem Unglücklichsein einen Schrein errichtet, und das, das ist das Besondere an dir.«

Er vergrub den Kopf in den Händen. Seine Ellbogen ruhten auf seinen Knien. »Hast du eine Affäre?«, fragte er.

»Ob ich *was* habe, eine *Affäre*?«

»Ja oder nein?«

»Nein.«

»Nein?«

»Ob du's glaubst oder nicht«, sagte sie, »an diesen Punkt der Unzufriedenheit bin ich von ganz allein gelangt.«
»Ich würde es beinahe vorziehen, wenn du Hilfe dabei gehabt hättest«, sagte er.
Sie starrte ihn an. Sie brauchte es gar nicht auszusprechen; sie fand ihn erbärmlich.
»Es funktioniert nicht, Jim. *Wir* funktionieren nicht.«
An diesen Satz erinnerte er sich noch lange, einen Satz, der klang, als sei seine Ehe ein Fernseher, der drauf und dran ist, den Geist aufzugeben.

Als sie ihn verließ, versank er in Einsamkeit, dann folgte eine Starre, die ihn überraschte. Er fand sich mitten in der Küche wieder und hatte vergessen, weshalb er dort war, was er gedacht oder wie lange er dort gestanden hatte. Um diesen Lähmungserscheinungen vorzubeugen, machte er sauber. Die Schränke, die Garage, die Fenster. Er saugte die Jalousien und die Tastatur seines Computers. Er kam sich vor wie eine Hausfrau aus den sechziger Jahren, oder waren es die siebziger Jahre?, die ihrer Unzufriedenheit durch manische Hausarbeit entflieht. Er dachte an Valium und Dexedrin und Gin, dachte an symbolische Kastration. (*Dann* wäre ich so richtig entmannt, dachte er.) Er sah sich jeden einigermaßen sehenswerten Film an. Masturbation – die ein notwendiges Übel hätte sein sollen, das man kurzerhand erledigt, genau wie Zähneputzen – nahm eine übertrieben ritualisierte Form an. Er wollte sich selbst entrinnen und scheute doch vor dem Prüfstand menschlichen Kontakts zurück.

Wenn Arbeitskollegen ihn fragten, antwortete er, es gehe ihm gut, er komme hervorragend zurecht, denn zuzugeben, dass es sich anders verhielt, würde – davon war er überzeugt – zu wer weiß was führen. Männer behandelten ihn fürsorglich und taktvoll. Frauen steckten ihm mit Alufolie bedeckte Teller Lasagne, Moussaka oder Spinatroulade zu, die er mit einer gewissen Wachsamkeit annahm, als sei jeder Teller ein Test seines sexuellen Appetits.

Sie setzten sich neben ihn, blickten ihn seelenvoll an und fragten:

»Jim, wie *geht* es dir?«

»Ja, wie kommst du *zurecht*?«

»Isst du auch ordentlich?«

»Du musst wirklich etwas essen, weißt du.«

»Du siehst aus, als würdest du nichts essen, Jim.«

Und er wollte den Kopf in ihren weichen Schoß betten und spüren, wie sie ihm mit den Fingern durchs Haar fuhren, wollte weinen zur Melodie einer eindeutig weiblichen Musik.

Abends zu Hause wärmte er ihre Tellergerichte in der Mikrowelle auf und aß sie allein und im Stehen. Sein Hüftknochen drückte gegen die Arbeitsplatte, seine Augen ruhten ausdruckslos auf dem Boden oder auf der gegenüberliegenden Wand. Manchmal drang kaum eine Geschmacksempfindung zu ihm durch, als wären seine Geschmacksnerven mit einer Art Kondom überzogen. Dann wieder schlüpfte doch etwas durch, ein kleiner Schock des Genusses, des Wiedererkennens oder der Überraschung. Er musste an die Frauen denken, die diese Leckereien zubereitet hatten. An ihre jeweiligen Vorlieben. Ob ihre Gaben der Tradition folgten oder gewagte Experimente waren. Ob das, was er zum Mund führte, ihn an seine Kindheit erinnerte oder ob es mit exotischen Dingen gewürzt war, aus Ländern, die er nicht kannte und niemals kennenlernen würde. So aß er, wenn er dort stand, an ihren vielen Tischen. Das abendliche Ritual war die einzige Form von Intimität, an der er Anteil hatte, und kam ihm vor wie eine Art New-Age-Polygamie. Virtuell und primitiv zugleich.

Wenn er nachts im Bett liegt, lauscht er den Schreien der Katzen und dem schrillen Kreischen der Möwen. Die Katzen schleichen durch den Garten, schreien vor Angst oder Lust oder beidem, eine animalische Dringlichkeit, die umso dringlicher ist, da sie in einer Stadt eingepfercht ist. Er beneidet sie um ihre ungenierte Triebhaftigkeit, darum, wie leicht ihre Bedürfnisse zu befriedigen sind.

Er denkt an einen Zettel, den er einmal an seine Tür geheftet gefunden hatte, vor ein paar Sommern, als er und Imelda ein Cottage auf dem Land gemietet hatten und die Katze, die zum Cottage gehörte, entlaufen war.

Ihre Katze mijaut in unserem Garten, stand da. Doch dann hatte jemand, wer immer das gewesen sein mochte, »mijaut« durchgestrichen und »miaut« hingeschrieben.

Er hatte darüber gelächelt und den Zettel aufbewahrt. Als Imelda auf ihn gestoßen war, hatte sie ihn ebenso merkwürdig anrührend gefunden wie er selbst und ihm einen ihrer seltenen wohlwollenden Blicke geschenkt, halb verwundert, halb ergriffen. Blicke, die zu besagen schienen: In dir steckt mehr, als ich dir zugetraut hätte.

Eines Abends, als er allein in seinem Bett liegt, Monate, nachdem sie ihn verlassen hat, ein Schrei, den er nicht identifizieren kann und der immer wieder aufs Neue ertönt. Er zieht sich an, geht aus dem Haus und läuft die Straße entlang bis zum Eck, um nachzusehen, stellt sich einen Hund oder eine Katze in Todesqualen vor und fragt sich, ob es zu dieser nächtlichen Stunde so etwas wie eine Notaufnahme für niedere Lebewesen gibt. Er hat Angst, allzu genau in die dunklen Winkel zu spähen, Angst, dass er den Schrei – der um ihn her hallt, von überall und nirgends, wie die allgegenwärtigen Alarmsirenen, für die er mittlerweile taub geworden ist – lokalisieren kann. Er hält einen Passanten an, um sich zu erkundigen, und sein Blick wird zur Ecke eines Hausdaches gelenkt, wo eine einsame Möwe sitzt, die ihre Gefährten verloren hat und in ihrer ganz eigenen Sprache klagt. Die beiden Männer stehen nebeneinander in der Dunkelheit, die Augen auf die kleine graue Gestalt gerichtet, die unverhältnismäßig viel Aufmerksamkeit auf sich zieht, und für einen Moment stellt sich eine Kameradschaft zwischen ihnen ein, als seien sie die einzigen Zeugen einer überirdischen Erscheinung.

Vor lauter Möwengeschrei kann er in dieser Nacht nicht schlafen. Es ist Freitag, und in wenigen Stunden wird er, daran besteht kein Zweifel, von Gesang geweckt werden, von betrunkenen Potpourris leicht zu erinnernder Melodien, Frankie Valli oder die Beatles. Es stimmt ihn traurig, aber das ist bei Betrunkenheit, wenn es nicht die eigene ist, ja oft der Fall. Manchmal gibt es auch Streit, Männer und Frauen, die sinnlos aufeinander einschlagen, und er hat Lust, das Fenster zu öffnen und ihnen zuzurufen: *Hört auf! Ihr meint es doch gar nicht so!* So wie er manchmal jemanden vom Gehsteig auflesen und ihn von Grund auf neu zusammensetzen, das Wunder im Leben eines anderen sein möchte.

Er lauscht dem rhythmischen Doppelschrei des Vogels und empfindet Mitleid mit ihm, weil er einen so unmelodischen Ruf hat. Er muss an seine Mutter denken, die hinter dem Haus nahe der Uferpromenade ein Vogelhäuschen aufgestellt hatte und morgens manchmal Brotkrusten in kleine Stücke riss und sie auf den Rasen streute. Herrscherin über ein kleines Meer von pickenden Vögeln. Er muss daran denken, wie sehr es ihn als Kind beunruhigt und verärgert hatte, wenn ihre aufgeregten kleinen Freunde herbeigeflattert kamen und in panischer Angst fraßen, bevor sie wieder flüchteten – und dass gerade dies inzwischen einer der Gründe ist, weshalb er sie liebt und weshalb er traurig ist, dass er sie jemals weniger geliebt hat.

Er muss an Frauen denken und daran, dass er heute anders über sie denkt. Dass er eine Intimität vermisst, die so schwer vorstellbar ist wie das Klima einer anderen Jahreszeit. Die weiche, animalische Wärme des Frühlings, die durch die Eiseskälte des Winters vielfingrig zu ihm dringt – eine Sehnsucht, die ihm als etwas eher enttäuschend Ganzheitliches vorkommt –, und er fragt sich, ob er vielleicht verlernt hat, mit etwas Ursprünglichem umzugehen, weil er jene alten, primitiven Szenarien nur so selten heraufbeschwören kann.

Dann muss er an Imelda denken. An den Morgen, an dem er rücklings auf ihrer Brust gelegen und sie die Beine um ihn geschlungen hatte, an das grimmige Knistern seiner Zigarette in der grauen Luft, die eher nach Abenddämmerung aussah als nach Tagesanbruch. So hatte er dagelegen. Hinter sich die Frau, die er nicht sah, der er vertraute, die ihn mit verbundenen Augen durchs Dunkel geleitete.

»Liebling«, hatte sie gesagt, »ich möchte noch ein wenig schlafen.«

Er war nach oben gegangen, hatte Kaffee gemacht und einen Aufsatz über die Zirkularität der Zeit gelesen und dabei jede Sekunde gespürt, dass sie sich unter ihm befand. Dass sie atmete, schlief, durch Traumlandschaften reiste, während er sich frei und wach bewegte, als sei ihm die gewaltige Aufgabe anvertraut, sie zu beschützen. War ihm sein Leben jemals so vollständig erschienen wie in jenem Augenblick? In einer Art exquisiten Friedens schlenderte er durch die Zimmer über ihr; was in ihm am edelsten und am sanftesten war, war lebendig geworden. Behutsam setzte er sich in den Lehnstuhl und blickte zum Fenster hinaus über die Dächer, die Stromleitungen und die stählernen Baukräne in der Ferne. Stellte sich vor, ihr Haus sei ein Schiff, das sie irgendwohin trug, wo alles gut war.

Zu sagen, dass er in den Monaten, nachdem sie ihn verlassen hatte, an Imelda »dachte«, würde es nicht genau treffen. Würde bedeuten, dass sie sich in getrennten und wiedererkennbaren Bündeln, Bildern, Worten manifestierte. Dass er in seinen Geist hineinschauen konnte wie in ein Mikroskop und sie dort vorfand, sichtbar und nachweisbar. Würde zeitweilige Erleichterung bedeuten. Stattdessen war sie so drückend und formlos wie ein schwerer Nebel, durch den er sich bewegte, ein Nebel, der ihm Horizont, Perspektive und Voraussicht nahm und ein Engegefühl in ihm auslöste, das umso schlimmer war, als es keine Mauern gab.

Zu anderen Zeiten fühlte er sich, als bewege er sich durch seinen Alltag und seine gewohnten Abläufe wie durch einen starken Wind. Er hielt weiterhin seine Vorlesungen, weil er dem Rat eines Freundes gefolgt war und »schauspielerte«. Die Rolle des Dozenten nur noch *spielte*. Das gelang ihm für ein, zwei Stunden, doch wenn seine Zuhörer gegangen war und er wieder vom Podium schlurfte, wälzte sich der Nebel heran, oder der Wind erhob sich, und die Zeit lag vor ihm wie eine weite Prärie, die es zu durchqueren galt und wo an deren Ende nichts wartete als noch mehr Zeit.

Er suchte billigen Trost in Vergleichen. Stellte sich vor, ein ausgezehrter, großäugiger Mann hinter Stacheldraht zu sein, stählte sich gegen sein eigenes geringfügiges Dunkel, sagte sich voller Scham: Meine Trauer ist erträglich; meine Trauer ist Erste-Welt-Trauer.

Dann kam der Frühling. Er ging im Park mit seinen abgezirkelten Blumenbeeten und Grünflächen spazieren. Setzte sich in der Sonne auf eine Bank, schloss die Augen und versuchte, mit all diesem plötzlich erwachten Leben irgendwie in Einklang zu kommen. Aber wenn er die Augen wieder aufschlug, sah er eine Welt, die zwar strahlend grün war, ihm jedoch verschlossen blieb, vakuumverpackt, so hässlich wie in Folie eingeschweißtes Supermarktgemüse.

Es hatte einmal eine Zeit gegeben – er konnte sich undeutlich daran erinnern –, da waren die Straßen Meere von Frauen gewesen, und er hatte das Gefühl gehabt, er biete sich zum Verzehr an, eine Zeit, da hatte er sich vorgestellt, er passiere die Gedanken von Frauen so wahllos und anonym wie eine Planktonwolke – ein Bild, das er zweifellos aus einer Natursendung hatte –, er war eine Million mikroskopisch kleiner Tiefseeorganismen, die durch die zitternden Kiemen gefühlloser Kreaturen trieben.

Auf ähnliche Weise hatte auch er die Frauen konsumiert. Die ganze Litanei imaginärer Vergnügungen, zu jenen Millisekunden verdichtet, die einem vergönnt waren, wenn man an Fremden vorüberging, sodass er nicht lange nachdenken musste – und Zeit »nachzudenken« hatte er ohnehin nicht –, um mit Frauen, die er niemals wiedersehen würde, ein ganzes Leben auszukosten. Alles, was er sich auszumalen vermochte, war auf einen einzigen, gewohnheitsmäßigen Blick geschrumpft. So, wie man laufen lernt und dann vergisst, dass man es je gelernt hat, und einfach läuft.

Nun aber gehörten die Frauen zu jener Welt, von der er abgeschnitten war. Manchmal suchte er Orte auf, an denen sie sich zwanglos versammelten, und fühlte sich verloren wie ein trauriges Tier, das die Paarungszeit verpasst hat. Fand sich vor dem Fenster eines Friseursalons in der Dame Street wieder, sah zu, wie sie an ihrem Kaffee nippten und in Zeitschriften blätterten; ihr Haar stand in winzigen Spiralen von ihrer Kopfhaut ab oder war in Alufolie gefaltet, die in Lagen von ihren Köpfen herabhing wie die Lamellen einer Jalousie. Einige von ihnen sah er unter großen Hauben sitzen, die sich wie Satellitenschüsseln drehten und ihn an eine Befruchtung durch Außerirdische denken ließen. Er dachte, dass Frauen in Zukunft vielleicht auf diese Art geschwängert würden, zwar nicht von Außerirdischen, aber von abwesenden Männern. Dass sie Enklaven aufsuchen würden, die ausschließlich Frauen vorbehalten waren, und dort ionisiert würden. Endlich wären Sex und Fortpflanzung Akte, die sich gegenseitig ausschlossen. Er fragte sich, ob sich die Menschen eines Tages vielleicht nur noch wie Laserstrahlen durchs Leben bewegen würden.

Als er, noch immer in Gedanken an Laserstrahlen und daran, dass Berührungen künftig überflüssig sein werden, den Park verlässt, spürt er einen seltsamen Druck in den Augen. Er ist niemand, der weint – ist es nie gewesen –, und ertappt sich jetzt dabei, dass er die Choreographie des Weinens nicht beherrscht. Doch als folge er einer angeborenen Grammatik, hebt er die Hände vors Gesicht, als wolle er sie, um den Schmerz zu lindern, auf eine Wunde drücken, und als die Flut verebbt, geht er durch eine schale, trübe Unterwasserwelt nach Hause.

Als er wieder im Haus ist, wandert er von einem Zimmer ins andere. Unsichtbare und doch unübersehbare Bewohner, eine geisterhafte Anwesenheit, die in der Luft schwebt und eindeutig nicht die seine ist. Er verspürt eine Einsamkeit, die betriebsam ist und dicht bevölkert.

In der darauf folgenden Woche irrt er nicht einmal mehr durch die Straßen, er weint nur noch. Wogen der Traurigkeit durchfluten ihn, so riesig, dass er nicht glauben kann, ihr Ursprung zu sein. Er empfindet den Kummer von Jahrhunderten, von ganzen Völkern und Nationen angesichts von Naturkatastrophen. Er trauert um eine vergangene Version seiner selbst, eines Ichs, das vom Vorhandensein eines so überwältigenden Kummers nichts wusste. Er liegt im Bett, zittert, betet zu einem Gott, an den er nicht glaubt, singt Mantras aus albernen Selbsthilfekursen, um seinen Kopf daran zu hindern, dass er sich losreißt und davonfliegt.

Er schleppt sich zur Arztpraxis, gekrümmt, als leide er an Blinddarmentzündung und nicht an Kummer, und bekommt ein Medikament mit einem unheilvoll klingenden Namen verschrieben. Als er dazu in der Lage ist, kauft er sich ein Buch und schlägt nach, worum es sich bei dem Medikament und all seinen Anverwandten handelt, jedes davon eine Buchstabensuppe aus x und z. Die Namen hören sich für ihn an wie Planeten aus *Star Trek* oder wie

Virusstämme, mit denen Außerirdische uns infizieren könnten. Seltsam, denkt er. Seltsam, dass die kleinen Pillen, die er einnimmt, um glücklicher zu werden, nicht Namen wie *Sommertag* oder *Dein allererstes Fahrrad* tragen.

Er isst Avocados und Gerste, nimmt Vitamin B und Folsäure ein. Geht mit sich selbst spazieren wie mit einem Hund. Sieht sich Laurel und Hardy an. Er zwingt sich, zu kochen, zu schlafen und das Telefon zu benutzen, als habe er sich für einen Kurs eingeschrieben, bei dem man zu leben lernt. Seine Träume sind lebhaft, unzusammenhängend und fortlaufend, ihre Handlung unnatürlich kurz. Wenn er abends zu Bett geht, fühlt es sich an, als gehe er ins Kino, komme aber nie über die Vorfilme hinaus. Verschwunden ist die große Hysterie, das Gefühl, wie Löschpapier zu sein, in das sich die Traurigkeit von Jahrhunderten gesogen hat, um durch die Zeit zu reisen und ihn ausfindig zu machen, Löschpapier, auf dem ihm wildfremde Menschen ihre persönliche Trauer offenbaren. Die Zeit, in der er eine Bürde trug wie Gott.

Mit jedem Arztbesuch fühlt er sich ein wenig leichter, gelöster. Er kann lachen und weint nun überhaupt nicht mehr (was, wie er zugeben muss, nach den Exzessen der jüngsten Vergangenheit ein merkwürdiges Gefühl der Verstopfung hinterlässt). Mit der Zeit fängt sein Lachen wieder an, nichts anderes als es selbst zu bedeuten; jeder Tag ein kleines Scharmützel, das ein Stück weiter innerhalb der Grenzen der Normalität stattfindet. In der Praxis seines Arztes präsentiert er sich mit abgeklärtem, aber wachsendem

Stolz, als würde er vorführen, wie gut sich ein einst zerschmettertes Gliedmaß inzwischen wieder bewegen lässt.

Eines Abends hatte er es getan, nur so zum Spaß. Hatte den kleinen Zettel aus der Schublade seines Schreibtischs hervorgekramt, sämtliche Notizen zusammengesucht, die er gleichfalls in die Schublade geworfen hatte, und ein frisches Blatt Papier vor sich geglättet. Nach mehreren verworfenen Konzepten und mit immer wieder nachlassender Konzentration hatte er geschrieben:

Ich kenne zwar die grammatikalischen Regeln nicht, spreche aber ein fast fehlerfreies Englisch. Dies beweist meine Fähigkeit zur Intuition. Ich bin gegen die Todesstrafe und unterstütze den Tierschutzverein. Ich bin aufmerksam im Bett, oder zumindest hat man mir das gesagt, und danach rufe ich immer an. So habe ich es jedenfalls bisher immer gehalten. Ich bin ein Mensch, der daran glaubt, dass Dinge abgeschlossen werden müssen, der an die Mathematik des Lebens glaubt (er vermutete, eine solche Einstellung könne in Zukunft wichtig sein), *und ich versuche, freundlich zu sein, wo ich nur kann. Ich benutze öffentliche Verkehrsmittel. Ich lasse mir keine Plastiktüten geben. Ich verwende Zahnseide. Ich mache Rumpfbeugen. Ich führe meinen Abfall der Wiederverwertung zu und kaufe irische Produkte. Ich habe eine Scheidung überlebt. Ich kann im Internet surfen, Täuschungen durchschauen und mir eine Ethik in einem gottlosen Universum vorstellen. Ich bin ein Morgenmensch. Ich habe vor, das Rauchen aufzugeben. Bald.*

Er zündete sich eine Zigarette an und dachte: Ich sollte öfter ausgehen.

Die Baukräne waren Inseln der Ausgelassenheit an einem weiten, dunklen Himmel; auf einem sah man Santa Claus mit seinem Rentierschlitten, festgehalten in genau dem Augenblick, da sie sich in den Weltraum katapultieren. Er ging neben ihr durch die mit einem Mal bunten Straßen und sprach darüber, dass ihm die Stadt in diesen Tagen vorkam, als spiegele sie vor, etwas anderes zu sein, als sie war.

In diesem Winter waren sie überall zu sehen, Immigranten, Flüchtlinge oder andere Fremde, die weder das eine noch das andere waren. Als sei die Stadt ein grauer Felsbrocken, der angehoben worden war und das wimmelnde Leben darunter preisgab. Die Angestellten in den Lebensmittelläden sprachen kein Englisch. Die Kellner waren alle schlank und kamen aus dem Pazifischen Raum. Auf den Bürgersteigen bettelten Zigeunerinnen (durfte er sie denn Zigeunerinnen nennen?), die ihre Babys in Tragetüchern bei sich hatten. Die leuchtenden Farben ihrer Kleiderschichten erhoben sich gegen das düstere Winterlicht, den ausgeblichenen Himmel, schwammen gegen den Strom, der über sie hinwegrollte: eine monochrome Bevölkerung, deren graue Gewöhnlichkeit plötzlich umso deutlicher hervortrat.

Überall wirkten die Menschen bestürzt, hin und her gerissen, ob sie dem Anlass gerecht werden konnten oder ob sie es überhaupt wollten. Es fühlte sich surreal an, als wäre etwas aus dem Lot geraten, wie ein nachkolorierter Schwarz-Weiß-Film. Sie gingen an den Obdachlosen, den Drogensüchtigen und den Betrunkenen vorbei, die in den Straßen verteilt waren wie Requisiten, regelrechte Kassandras und so auf eine Art und Weise allegorisch, die sie sowohl erniedrigte wie erhöhte. Sie fanden eine Weinbar und suchten dort Zuflucht.

Ihr Name war Nina, und er hatte sie auf einer Weihnachtsparty in einem Pub in der Innenstadt kennengelernt, vor gerade einer Stunde. Er hatte allein herumgestanden, ein Bier getrunken und eine Zigarette geraucht und sich gefragt, was er mit seinen Händen anfangen sollte, falls er in einer Welt ohne Laster lebte, hatte sich gefragt, wie dort wohl Partys verlaufen würden – würde man sich zum Beispiel mehr berühren? –, als er merkte, dass ihm jemand etwas ins Ohr brüllte.

»Amüsieren Sie sich gut?«, schrie sie.

»Was?« Es war laut. Heutzutage war es immer laut. Die Welt war ein so lauter Ort geworden, dass er sie am liebsten leiser gedreht hätte. Er wartete darauf, dass die maßgebliche Studie über den Anstieg des Lärmpegels veröffentlicht würde. Informativ und doch gut zu lesen mit hinreichend trügerischem Witz, um die tatsächlichen Schrecken dieses ganzen sinnlosen Radaus zu bändigen. Eines jener Bücher, die abstrakte Brocken in handliche Bissen verwandelten.

»Ich habe gefragt, ob Sie sich gut amüsieren«, wiederholte sie.

»Ganz und gar nicht«, antwortete er.

Sie hob die Augenbrauen.

Er wandte sich ein wenig ab und sah weg. So stand er nun Schulter an Schulter mit ihr, als schauten sie sich ein Fußballspiel an. Hin und wieder brüllte einer von ihnen einen Kommentar zu den Geschehnissen. Bis sie auf ihre Uhr sah und fragte: »Möchten Sie woandershin?«

Sie schob sich eine Olive zwischen die Lippen – er stellte sich ihre Zähne vor, ihre Zunge, die das weiche grüne Fleisch vom Kern löste – und sagte: »Der Genpool –«

»Was?« Er hatte nicht zugehört. »Was ist mit dem Genpool?«

»– werden wir alle langsam dunkelhäutiger werden? Wird es in hundert Jahren noch so etwas wie rote Haare geben? Hier, meine ich?«

»Ich weiß nicht«, erwiderte er. »Franzosen sehen immer noch aus wie Franzosen.«

»Stimmt«, sagte sie. »Stimmt.«

Er stellte sich den schleichenden Verlust lokaltypischer Hautfarben vor, einen Planeten voll grau-brauner Einheitsgesichter.

»Wissen Sie«, sagte sie, »vor Kurzem habe ich etwas Komisches gelesen. Da stand, dass die Zahl der Blondinen an einem gegebenen Ort direkt proportional zum Anstieg des Wohlstands zunimmt.«

(Er musste daran denken, wie er vor dem Friseursalon Wache gehalten hatte, und errötete.)

»Wieso?«

»Nun, ich nehme an, es liegt eher daran, dass es teuer ist, eine Blondine zu sein, als an ... nun ja, ich weiß nicht, woran es sonst liegen könnte.«

(Es kam ihm vor wie das Leben eines anderen Mannes.)

Sie musste sein Unbehagen falsch gedeutet haben, denn sie sagte: »Verstehen Sie mich nicht falsch. Was den Genpool angeht –«

(Was hatte er eigentlich dort gemacht? Einen Schaufensterbummel?)

»– was sein wird, wird sein. Es ist nur ein komischer Gedanke, das ist alles. Der Verlust eines gewissen Aussehens.«

»Wie der Verlust von Sprachen.« Er war ziemlich stolz auf seine Analogie. »Was machen Sie beruflich?«

»Ich?«, sagte sie. »Ich bin Englischlehrerin.«

»Wirklich?«, lachte er.

»Obwohl, als ich jung war, wollte ich Krankenschwester werden.«

»*Wirklich?*«

»Unbedingt. Aber nicht irgendeine Krankenschwester. Ich wollte auf Schlachtfeldern arbeiten. Ich glaube, ich muss da wohl ein Foto oder einen Film gesehen haben, ich weiß nicht, aber jahrelang habe ich dieses Bild mit mir herumgetragen, wie ich durch ein Meer von blutenden, zerschundenen Körpern wate« – er zog die Augenbrauen hoch –, »es hört sich makaber an, ich weiß, aber das war es nicht. Es hatte mehr damit zu tun ... Menschenleben zu retten. Aber ohne sich dabei die Hände schmutzig zu machen.

Ich schwebte nur irgendwie umher und sorgte dafür, dass es den Menschen besser ging. Eigentlich war alles ziemlich vage, es war eine Fantasie. Obwohl ich so weit gegangen bin, das Rote Kreuz im Lexikon nachzuschlagen.«

Er stellte sich sie beide in einem parallelen Universum vor, wie sie Menschen in Kriegszeiten heilten. Es behagte ihm nicht, in das gemütliche Skript seiner Kindheit Blutvergießen hineinzuschreiben, aber um ihretwillen tat er es. (Wie seltsam die Träume anderer Menschen waren!) Er sah sie an: An der Stirn und knapp über ihren Schultern war ihr schwarzes Haar gerade geschnitten, sodass er an eine kleine schwarze Schachtel denken musste, die aufgesprungen war und ihr Gesicht erkennen ließ, glatt, wohlgeformt und erstaunt.

»Was ist?«, fragte sie. »Woran denken Sie gerade?«

»Ich denke an Sie in einem Genpool«, sagte er.

»Ach ja?«, lächelte sie. »Und wie sehe ich aus?«

Nicht lange danach zeigte er ihr den Zettel.

»Nun?«, fragte er.

»Nun was?« Sie saßen in seinem Wohnzimmer, tranken Brandy, und sie sah ihn befremdet an.

»Würdest du mich am Leben lassen?«

Er tat fast so, als wäre das alles ein Scherz, ein kleines Gesellschaftsspiel, aber er war sich nicht sicher, ob sie es als solches auffasste.

»Weißt du«, sagte sie, »du hast nicht darum gebeten, hier zu sein.«

»Stimmt«, erwiderte er. »Aber wie lange, meinst du, komme ich damit durch?«

Sie nahm das Stück Papier, das seine Antwort enthielt, und las es noch einmal durch. »Ich weiß nicht«, sagte sie, »ich bin mir nicht sicher, ob du deine Stärken richtig herausgestellt hast.«

»Oh? Habe ich etwas Wichtiges vergessen?«

»Nun ja«, sagte sie, »zum Beispiel: Wie ist es mit den Sternen? Du kannst Sternbilder erkennen. Und auch Vögel, du kannst Vögel bestimmen. Ich kann das nicht. Du identifizierst Dinge«, sagte sie. »Du bist ein sehr guter… Identifizierer.«

»Wunderbar.«

»Nein, wirklich«, sagte sie. »In Zukunft wird man das gebrauchen können. Weil es zu viel Wissen gibt. Wir verlieren allmählich den Überblick.«

»Ich werde also nukleare Läsionen identifizieren und neue Ebola-Stämme und toxische Horrorfilme.«

»Meine Güte«, sagte sie, »wir sind wohl ganz der kleine Optimist, was?«

Er zuckte mit den Schultern.

»Was macht dich so sicher, dass die Zukunft die reine Hölle sein wird?«

»Ich weiß nicht«, antwortete er. »Die Gegenwart?«

»Na, vielen Dank.«

»Oh, so meine ich das nicht«, sagte er schnell. Und er glaubte auch nicht, dass er es noch so meinte.

Es ist mitten im Winter, und von seinem Fenster aus sieht er einen einzelnen Baukran, der jetzt all seiner Lichter beraubt ist. Wie ein unheilvolles Skelett steht er da, wie eine Achterbahn außerhalb der Saison. Ein nächtlicher Bohrhammer dröhnt unsichtbar. Drinnen liegt er neben ihr, ist wie immer überrascht vom Gewicht des menschlichen Kopfes.

Sein Hüftknochen ist eine harte, glatte Erhebung in dem weicheren Fleisch ringsum. Wenn er sich auf die Seite dreht, erinnert seine Hüfte sie an eine anatomische Lehrtafel des Menschen, bei der Muskeln und Sehnen mit roter und blauer Tinte wiedergegeben sind. Sie kniet sich hin, zieht ihn an sich, und wie sie so von Angesicht zu Angesicht knien, kommen sie beide ihm – oder ihr? das spielt jetzt keine Rolle mehr – wie zwei Kinder vor, die einen gefundenen Schatz bestaunen, eine bunte Muschel oder ein Stück marmorierten Achats. Er legt sie der Länge nach aufs Bett. Seine Hüftknochen schlagen gegen die ihren.

Mitten in der Nacht wacht er auf, und als er in die Küche geht, um einen Schluck Wasser zu trinken, hat er das Gefühl, dass sein Körper von Gerüchen, Rückständen, Empfindungen umschlossen ist, die in der Stille noch immer kaum wahrnehmbar sind.

Als der Morgen anbricht, ist sie da, ihre plötzliche Gegenwart die fast schockierende Bestätigung einer traumähnlichen nächtlichen Erscheinung. Sie krümmt den Rücken und dehnt ihn wieder, hakt ihren Fuß um seinen und drängt erst eine, dann eine andere Zone ihres ausgestreckten Körpers an ihn. Schläfrig macht er einen sanften Katzenbuckel, lässt sich dann aber halb bewusst auf sie ein und schmiegt sich an sie. Draußen, im frühen Morgendunst, im rauschenden Lärm der Stadt, kreischt unerschütterlich eine Möwe und bekommt eine Antwort.

SCHNEE

Jedes Mal, wenn Nathan zu seinen Eltern nach Oregon fährt, wird er von Erinnerungen gequält. Und jedes Mal von anderen. Um welche es sich handelt, weiß er im Voraus nie, aber er hat da eine Theorie. Sie sind wie Träume, glaubt er, wie symbolische Landkarten. Welche Ängste es auch sein mögen, mit denen er sich nicht auseinandersetzt, welche nicht getroffenen Entscheidungen – hier zeigen sie sich, und zwar inkognito. Er mag Symbole, mag ihre subtile Hartnäckigkeit. Er mag Dinge, die sich nicht erklären lassen, jedenfalls nicht richtig. Wenn man einer Sache mit Worten nicht beikommt, ist dies seiner Ansicht nach ein Beweis dafür, dass jeden Tag, direkt vor unserer Nase, kleine Mysterien geboren werden, Dinge, an die wir einfach so glauben müssen.

Diese Weihnachten geht es um Asche. Um jene Woche, in der der Mount St. Helens ausbrach und halb Oregon unter einer Schicht hellbrauner Asche begraben wurde. In derselben Woche starb David LaMott. Als er im Regen um eine Ecke bog, griffen plötzlich seine Reifen nicht mehr. Das Motorrad glitt unter ihm weg, und David wurde seitwärts die Straße entlanggeschleudert, als wolle er nach Hause rutschen. In derselben Woche büßte Nathan seine Jungfräulichkeit ein. *Gott,* denkt er und staunt über die

Unverwüstlichkeit der Jugend, *Sex, Tod, ein aktiver Vulkan.* Wenn wenigstens eines dieser Ereignisse jetzt in sein Leben träte.

Vielleicht ist es der Schnee, der ihn daran erinnert. In Portland schneit es fast nie, doch seit seiner Ankunft gestern, am dreiundzwanzigsten, ist ununterbrochen Schnee gefallen. Wie bei der Asche wirkt es wie eine Laune der Natur, wie etwas erregend Unheilvolles. Vielleicht sollte er über den Tod nachdenken. Seinen Vater anschauen, dessen Ellbogen und Knie gegen den Stoff seines Hemdes und seiner Hose spannen, als bemühe sich der alte Mann in ihm, herauszukommen. Und seine Mutter. Ihre jahrelange Angewohnheit, immer dasselbe Lächeln aufzusetzen, haben um Mund und Augen Falten in ihr Gesicht gegraben. Wenn sie nicht lächelt, erschlafft ihre Haut ein wenig, als sei sie nicht richtig aufgepumpt. Er muss an eine Lunge denken oder an die Falten eines Segels, das sich blähen möchte. Und im Haus herrscht eine Atmosphäre, als hauche im Gästezimmer eine alte Tante ihr Leben aus, und jede Zurschaustellung von Heiterkeit oder Gesundheit werde für unschicklich gehalten. Bob und Louise – seinem älteren Bruder und seiner jüngeren Schwester – ist das womöglich gar nicht aufgefallen. Nathan fragt nicht nach.

Es war Marie, die am Abend von Davids Begräbnis entschieden hatte, dass sie es tun sollte. Sie saßen unten im Gemeinschaftsraum, hörten sich Alben an und berührten einander kaum. Nathan dachte nicht an Sex, er dachte daran, wie David die Haut vom Gesicht gehangen haben musste. *Wie ein Lappen,* hatte jemand gesagt. Doch stattdessen stellte er sie sich immer wieder unversehrt vor: das ganze Stück Haut ein, zwei Meter vom Körper entfernt auf der Straße. Wie wenn sich ein Androide das künstliche Gesicht abzieht und es beiseite wirft. So abwesend war Nathan mit seinen Gedanken. Und als Marie sagte: »Ich möchte mich dir nahe fühlen, Nate. Ich muss mich dir nahe fühlen. Ich glaube, heute Abend sollten wir … *es tun*«, dachte er zuerst an einen gemeinschaftlichen Selbstmord. Neuerdings sprach alle Welt von den drei Teenagern in Indiana. Schusswunden im Kopf. Die Eltern wollten einen Heavy-Metal-Sänger verklagen. Nathan wusste, dass gewisse Cliquen in der Schule behaupteten, Selbstmord sei das einzige Statement, das man noch abgeben könne. Aber das hielt er für bloßes Gerede.

»*Was* tun?«, fragte er nervös.

Sie legte ihre Hand auf seinen Unterleib. Vom Weinen war ihr Gesicht noch ganz verquollen. »Miteinander schlafen«, flüsterte sie.

»Oh«, sagte er. »Oh-oh.«

Er legte seine Hand auf ihre und begann sich zu reiben.

Jahre später, auf der Beerdigung eines alten College-Professors, hatte er an jenen Abend denken müssen. Er glaubte, Marie sei unbewusst irgendeinem Urinstinkt gefolgt, und war stolz darauf, dass sie als Halbwüchsige im großen Tanz von Licht und Dunkel ihre Rolle gespielt hatten. Dass sie achtzehn gewesen waren und am Leben. Vermutlich hatte Marie etwas so Endgültiges, etwas so Einmaliges tun müssen, um alles, was kurz zuvor passiert war, auszulöschen. Um jenen Schmerz durch diesen zu ersetzen. Denn es gab Schmerz, als sie es taten. Und Blut und Tränen und Enttäuschung. Aber dieser Schmerz hatte wenigstens seinen Ort und seine Grenzen.

Nathan hatte den Jungen nicht gut gekannt, nicht so gut wie Marie. Nathan war Crossläufer – der Sport des armen Mannes –, und Marie und David waren Headgirl and Headboy. Nachmittags, wenn die Schule aus war, besuchten sie sich gegenseitig in ihren schäbigen Häusern in Southeast, törnten sich im Schein einer Schwarzlichtlampe mit Haschisch an und hörten Black Sabbath, Deep Purple, *Dark Side of the Moon*. Manchmal aßen sie schon zu Mittag Haschplätzchen, mitten in der Cafeteria, direkt vor der Nase des Rektors.

Nathan war nicht gern high. Dann wirkte alles, was er ernst nahm – sich selbst, seine Familie, seine Schularbeiten, seine Zukunft –, so lächerlich. Wenn er high wurde, hatte er das Gefühl, vom Leben selbst als Bagatelle behandelt und verhöhnt zu werden. Was ihn natürlich deprimierte. So hielten sie sich an einem Spätsommertag vielleicht draußen im Willamette Park auf, im Fluss spiegelte sich das Sonnenlicht auf eine Art, die ihn an ein riesiges goldenes Häkchen erinnerte – ein großes OK von Gott –, und er fühlte sich nur unendlich traurig. Als er eines Tages im Wörterbuch auf den Ausdruck *Panicum virgatum,* die lateinische Bezeichnung für ein Präriegras, stieß, fand er, dass Panikgras eigentlich ein idealer Name für Marihuana wäre. Aber er liebte Marie. Und es gab da auch etwas, das ihm an ihren Freunden gefiel. Er hat jetzt noch vor Augen, wie sie sich beim Begräbnis zusammendrängen, wie sich einer an den Schultern des anderen ausweint, die fleckigen nassen Wangen aneinandergedrückt. Im Gegensatz zu anderen Schülern in exklusiveren Cliquen scherten sie sich nicht darum, wie unattraktiv ihre Trauer wirkte. Damals erinnerten sie ihn an Fotos vom Sommer der Liebe, die er im *Life*-Magazin gesehen hatte. Alle angetrunken und in halb nackten Haufen ineinander verknäult, wie Gabeln voll Fettucine.

Zwei Jahre später, als er in einem Café im verschneiten Osten Tschechow las, fühlte er sich abermals an sie erinnert, diesmal jedoch, als wären sie verständnisloses, dumpfes Bauernpack, das sich dümmlich gegen sein gemeinsames Schicksal auflehnt. Wegen dieses Vergleichs hatte er ein schlechtes Gewissen. Der Vergleich traf ja nicht einmal zu. Denn er glaubte, dass sie trotz ihres mangelnden Ehrgeizes, ihrer glasigen Augen, ihres transusigen Gekichers in vieler Hinsicht besser waren als er. Wenigstens wussten sie, wer sie waren.

All das war vor vierzehn Jahren geschehen, 1982, aber es kommt ihm vor, als sei es eine Ewigkeit her. Eine Empfindung, an die Nathan sich gewöhnt hat, ohne sie je recht begreifen zu können. Beinahe so, als sei er schon sein ganzes Leben lang in mittleren Jahren gewesen, als sei er mit einer Bürde zur Welt gekommen. Wenn Nathan ehrlich ist, muss er sich eingestehen, dass er sich nie jung gefühlt hat, nie sorglos, obwohl er in Verlegenheit geriete, wenn er seine Sorgen benennen müsste. Er hat nie in seinem Leben großen Kummer gelitten, kein einziges Ereignis ist bis zu seinem innersten Kern vorgedrungen. Er hat von Überschwemmungen, Hungersnöten, Straßenkindern in Rio gelesen. Mit nichts davon muss er sich herumschlagen. Er lebt in guten Verhältnissen. Er glaubt, dem Friedenskorps beitreten zu sollen, aber nur, weil er sich schuldig fühlt. Nur weil er sich genügend sorgt, um sich Gedanken darüber zu machen, dass er sich nicht genügend sorgt. Insgeheim kommt er sich vor wie ein Schwindler, und selbst das erscheint ihm wie eine Selbstinszenierung.

Im Lauf der Jahre ist Nathan gute Seele, weiser Knabe, braver Soldat, ordentlicher Kerl, famoser Bursche (von einem britischen Austauschstudenten), Insel, Eiche, einsamer Planet genannt worden. Seine Abgesondertheit, dieser gequälte Ernst, diese verdammte Untätigkeit, die so oft mit Tiefgang verwechselt wird. Wo er sich doch Feuer wünscht, Empörung, ja, eine grausame Ader. Er fragt sich, ob er sich in seinem Leben jemals richtig unbeliebt gemacht hat. Er glaubt es nicht und führt dies auf einen traurigen Mangel an eigenen Überzeugungen zurück.

»Ich bin so stolz auf dich«, sagt seine Mutter zu ihm, an jenem Abend, als sie allein in der Küche sind.

Es ist Heiligabend. Durch das Fenster kann er den Schnee sehen, der noch immer herabrieselt, den Schneemann, den sie zu fünft gebaut haben (mit einer erzwungenen Spontaneität, die ihn schaudern machte), buttergelbes Licht, das aus einem anderen Fenster dringt. Er riecht Schinkenbraten, Nelken, das Bier, das er trinkt. Er fühlt sich wohlgenährt und innerlich genauso warm, wie es in der Küche ist. Vielleicht hat er sich vorhin ja geirrt, denkt er. Durchaus möglich. Vielleicht ist ja alles in Ordnung. Wer weiß. In diesem Augenblick ist er sich nur einer Sache sicher: eines Gefühls der Verlangsamung und der Überfülle, das er immer Liebe genannt hat.

Sie nimmt einen Schluck Burgunder und nestelt am Saum ihres Pullovers. Der ist schokoladenbraun, dick und genoppt. Die Küchenmöbel sind aus Eiche; von den Haken über dem Herd hängen schwere Pfannen. Sie hat einen guten Geschmack, denkt er, umgibt sich mit prächtigen, soliden Gegenständen, obwohl ihre Vorlieben, ihre Neigungen einer Entschiedenheit zu entspringen scheinen, die jeder bewussten Überlegung vorausgeht. Nicht, als habe sie Urteilsvermögen erworben, sondern als *sei* sie diese Dinge.

»Warum bist du stolz auf mich?«, fragt er.

»Weil du die Kraft deiner Überzeugungen hast.«

»Das sagst du immer so daher. Ich weiß nicht einmal, was das bedeuten soll. Ich weiß ja nicht einmal, ob ich überhaupt Überzeugungen habe.«

»Du bist zu bescheiden, Nate. Ich bewundere dich«, sagt sie. »Wirklich. Nicht jeder…«

Sie wedelt mit der Hand in der Luft und verstummt.

Er merkt, dass sie leicht beschwipst ist. Sie hat, wie so oft, wenn sie etwas getrunken hat, eine quasi philosophische Haltung eingenommen und spitzt den Mund auf eine Art, wie sie es nur tut, wenn sie etwas getrunken hat. Eine Art, die sie unerträglich traurig aussehen lässt, obwohl sie gewiss nur nachdenklich aussehen möchte.

»Das waren die achtziger Jahre, stimmt's?«, fährt sie fort. »Alle waren gierig, wollten das große Geld. Aber du nicht.«

»Vielleicht bin ich zu faul, um gierig zu sein.«

»Du«, sagt sie, »du bist nicht faul.«

Er versucht, ihre Wertschätzung seiner Person zu teilen. Zu glauben, dass er weiß, was er tut. Dass er arme Leute Leuten mit Geld vorzieht. Dass er das Leben liebt. Dass er glücklich ist.

»Was ist Glück?«, fragt sie und wedelt wieder mit der Hand in der Luft. »Zu tun, was man tun soll. Und wenn man dabei anderen Menschen hilft, umso besser.«

Nathan kann nicht umhin, die Augen zu verdrehen. »Ich leite eine Grundschule«, sagt er. »Keine Leprakolonie.«

»Du bewirkst etwas, Nate. Und leicht ist es mit diesen Kindern bestimmt nicht.«

»Du überbewertest das.«

Sie zuckt die Achseln. »Dann lass mich doch. Du unterbewertest es.«

Das ist ihr Geheimnis: Es geht um Liebe. Nicht um mehr Liebe. Nicht einmal um eine höhere Qualität der Liebe. Auf einem sinkenden Schiff könnte sie zwischen ihnen, ihren drei Kindern, nicht wählen. Soviel stellt sie klar. Es geht auch nicht eigentlich um geteilte Sympathien. In vielerlei Hinsicht ähneln sich Nathan und seine

Mutter überhaupt nicht. Es geht um Blut, glaubt er, und um die Seele eines Menschen. Es geht darum, dass er, weil es seine Mutter gibt, weniger einsam ist, und zugleich noch einsamer. Es gibt da einen seltsam köstlichen Schmerz, der daher rührt, dass er Zeuge ihres Lebens ist. Dass er weiß, dass sie da ist, neben ihm in der Welt ist.

»Früher«, sagt er, »früher hab ich dich immer gern in der Bücherei besucht.«

»In der Bücherei? Wie kommst du denn darauf?«

»Ich weiß nicht. Manchmal vermisse ich –«

»Die Bücherei?«

»Ne-ein. Dieses Gefühl. Dieses Gefühl von, ich weiß nicht, nicht eigentlich von Glück. Ich meine, missversteh mich nicht, ich war nicht unglücklich. Vielleicht war es eher wie ein … wie ein Mangel an Traurigkeit.«

»Ein Mangel an Wissen«, sagt sie. Sie sagt es so, als liege es auf der Hand.

»Aber Wissen um was genau?«

Sie betrachtet ihn fast zweifelnd. »Um Traurigkeit, mein Lieber.«

»Das ist ja mal ein schöner Zirkelschluss«, sagt er trocken.

»Aber es ist doch ein Zirkel«, sagt sie, plötzlich selbstsicher. »Ich kann's nicht definieren, Nate. Aber ich weiß, wovon du sprichst. Zumindest glaube ich es zu wissen. Und ich glaube auch, dass es wiederkehrt.«

»Wirklich?«

»Ja.«

Sie können es nicht definieren. Glaube, Unschuld, Geborgenheit. Keines dieser Wörter reicht aus. Die Erinnerung an jene Tage ist nicht reduzierbar. Aber es kann ihnen auch nichts hinzugefügt werden. Kein Gespräch über ihre Besonderheiten könnte sie mit größerem Sinn oder größerer Resonanz erfüllen, als sie jetzt besitzen. Etwas existierte und wurde in seinem Wesensgehalt erkannt. Eine Zeit. Ein Ort. Ein Knabe an der Schwelle zum Erwachsensein, geliebt.

Als sie einander gute Nacht sagen, drückt er sie auf eine Art an sich, wie er es nicht oft tut. (Dass er die Brüste seiner Mutter an seiner Brust spürt, findet er unangemessen, und es verursacht ihm leichtes Unbehagen; dass sie sich in seinen Armen so klein anfühlt, stimmt ihn traurig). Aber jetzt, heute Abend, tut er es. Ihr zuliebe, oder sich selbst zuliebe.

»Du bist so lieb«, sagte sie über seinen undeutlichen Protest hinweg.

Er meint gehört zu haben, dass ihre Stimme zittert. Er lässt sie nicht los, sondern kneift die Augen noch fester zusammen. Am frühen Weihnachtsmorgen stehen sie so in der Diele, im Dämmerlicht, umarmen einander und schwanken fast unmerklich.

Es war eine Filiale der Stadtbücherei, in der seine Mutter drei Tage in der Woche arbeitete, als Nathan auf die Highschool ging. (Sein Vater war und ist noch immer Aktuar). Es war kein besonders stattlicher Bau – Leseplätze und Tresen aus Faserplatten, weiß gefliese Böden, Leuchtstoffröhren an den Decken. Nicht zu vergleichen mit den gedämpften, mit Schreibtischlampen ausgestatteten Eichensälen, die er im Osten am College vorfand. Aber sie war da. Die Brille an einer dünnen Kette um den Hals gehängt, stand sie warm und trocken hinter dem Ausleihtresen und grüßte ihn lautlos mit einer entzückten kleinen Handbewegung. Ihr ganzer Körper wie ein Herd, der ihn daheim willkommen hieß.

In der Pubertät war er nie so weit gegangen, sie zu verleugnen, obwohl er sich während der ersten beschämenden Wallungen der Sexualität mehr und mehr von ihr abwandte und nach innen kehrte. Da er seine neuartigen Gefühle vor der Mutter verheimlichen musste, war er wütend auf sie. Ihr bloßes Dasein empfand er als Vorwurf. Als sei es irgendwie ihre Schuld, dieses lästige und unstillbare Verlangen. Und ihre Schuld, dass es Scham bei ihm auslöste.

Aber nie erhob er die Stimme gegen sie; es war eine stille, bedrückte Wut, und sie verrauchte. Es gab nichts, wofür er sich hätte entschuldigen, keine wirkliche Wiedergutmachung, die er hätte leisten müssen. Daher konnte er mit siebzehn an sie herantreten und jene seltene Schuldlosigkeit genießen, die ihre Gegenwart ihm verlieh. Dann gab sie ihm ein Handzeichen, führte ihn zu den Regalen, wo sie genau das Richtige für ihn fand, über die Schlacht von Gettysburg, die Molly Maguires, Dred Scott. Und er sah zu, wie sie mit dem Fingernagel kundig die Reihe der Buchrücken entlangfuhr und nach der richtigen Standortnummer suchte. Es gefiel ihm, dass sie sich ihm gegenüber distanziert gab, dass sie sich professionell verhielt, dass sie beide sich unter den summenden Lichtern zusammendrängten und einander etwas über geschichtliche Ereignisse zuflüsterten, als sei er ein ganz gewöhnlicher Leser und nicht ihr Sohn.

Nach zwei Stunden Lektüre zog Nathan seine Regenjacke an, warf seine Bücher auf den Rücksitz ihres Wagens und rannte die sechs Meilen nach Hause. Raus aus der Innenstadt, die Straße am Fluss entlang und die westlichen Hügel hinauf, durch die Straßen, die sich durch sein Wohnviertel schlängelten. Im Dunkeln trieften die Bäume über seinem Kopf, und unter seinen Füßen verschwamm der glatte schwarze Gehsteig. Er liebte es, wenn der Regen über ihn hinwegspülte, liebte die Bewegung seiner Muskeln, die zweite Haut aus Nylon auf seinen Schenkeln. In Gedanken sang er Songs, dachte an Mädchen oder daran, was er eines Tages werden würde. Sein Herz machte lauter Freudensprünge. Im Dunkeln, im Regen zu rennen kam der Selbstvergessenheit und damit dem, was er als Glück bezeichnete, näher als alles andere.

Am Weihnachtsmorgen weckt ihn sein Bruder Bob. Er bringt ihm Kaffee ans Bett. Bittet ihn, eine Rede zur Lage des Nathan zu halten. Das ist ein alter Scherz, den Nathan längst leid ist. Er wünscht sich, dass Bob wie jeder normale Mensch einfach nur sagen könnte: *Wie geht's dir?* Aber auf diese Weise kann Nathan mitspielen. Kann mitteilen, wie es ihm geht, aber nur ironisch, als rede er von jemand anderem, von jemandem, der Nathan mit all seinem Unfug zum Lachen bringt.

»Wirf mal die Zigaretten rüber, ja?«

»Ts-ts«, macht Bob. »Im Bett rauchen?«

»Morgens geht das schon«, antwortet Nathan, »nüchtern.«

Er lässt den Kopf aufs Kissen zurücksinken und bläst den Rauch zur Decke. Er hasst sich dafür, dass er raucht. Er schwört, im Januar aufzuhören. Er schwört, aufhören zu wollen.

»Nun«, sagt er, »wie du weißt, lebe ich in einer Blockhütte. Eigens errichtet, als die Schule gebaut wurde. Sie ist reizend, rustikal, romantisch, aber es lässt sich nur schwer darin leben, ohne öfter, als dir lieb ist, an Abraham Lincolns Aufstieg von der Blockhütte ins Weiße Haus zu denken.« Er zuckt mit den Schultern. »Aber vielleicht ist das ja gar nicht so schlecht.«

»Vielleicht sorgt es dafür, dass du ehrlich bleibst«, sagt Bob.

»Vielleicht. Warten wir's ab. Ich habe kein fließend Wasser, das Wasser kommt aus einem Brunnen. Zum Heizen habe ich einen Holzofen. Manchmal versenge ich beim Trocknen meine Unterwäsche.«

»Schöne Arbeit, wenn man sie kriegen kann.«

»Mir gefällt sie«, sagt Nathan. »Meistens. Es ist nur so, nun ja, manchmal hast du das Gefühl, dass die Welt dich übergeht.«

»Das liegt daran, dass die Welt dich übergeht.«

»Ja. Mag sein.«

Sie betrachteten die kahlen Wände. Als Nathan die Highschool besuchte, waren die Wände mit Postern von The Grateful Dead, Che Guevara, *Drei Engel für Charlie* gepflastert; ein Mann, der Ethno-Perlenketten trug, ging mit seinem Sohn spazieren, darunter in Hippieschrift die Worte: *Nimm dir Zeit*. Nathan windet sich innerlich angesichts der eigenen Pubertät. Dieser Mischung aus sklavischer Lust, Salonsozialismus und ängstlicher Empfindsamkeit. Er würde sich überall wiedererkennen.

»Wie ist New York?«, fragt er.

»Voll von Geldsäcken, Koksnasen und zickigen Weibern. Ich liebe diese Stadt.«

»›ICH LIEBE NEW YORK.‹«

»Absolut treffender Spruch.«

Nathan muss unwillkürlich lächeln. An guten Tagen ist Bob wie der gerade zu Besuch weilende Imageberater eines rivalisierenden Think-Tanks. Ein richtiger Motivationsschub. In Nathans behüteter Welt sind alle so ernst, so wohlmeinend, dass er manchmal vergisst, dass es Leute wie Bob gibt. Es besteht zwar ein Band zwischen ihnen, aber dieses Band ist nichts Festes, nichts, was über den Moment hinaus Bestand hat. Als wären sie beide als Geiseln gehalten worden, oder Überlebende eines schrecklichen Flugzeugunglücks.

Sie sind draußen, alle drei – Bob, Nathan und Louise –, und trinken Glühwein. Es ist spätnachmittags am Weihnachtstag. Sie tauschen Theorien darüber aus, was wohl mit ihrer Mutter los ist. Vor einer Minute haben sie bemerkt, dass sie sie aus dem vorderen Fenster angestarrt hat wie ein Gespenst und dann wieder im Inneren des Hauses verschwunden ist. In den letzten beiden Tagen hat es den Anschein, als sei sie fortgegangen, habe aber einen Teil ihrer selbst zurückgelassen, der gerade so ausreicht, um sich daran gütlich zu tun.

Louise glaubt, dass ihre Mutter eine Art existentieller Leere verspürt.

»All die Jahre über hat sie in dieser gottverdammten Bücherei gearbeitet«, sagt sie. »Dad hatte ein Leben. Aber sie hatte nur ihn.«

»Und uns«, sagt Nathan. »Du darfst *uns* nicht vergessen.«

»Und *wie* sie uns hatte«, sagt Bob, »wohl wahr.«

»Ja, ich weiß. Aber jetzt haben wir ein Leben. Sie dagegen hat … ein Haus, das sie putzen muss. Wärst du an ihrer Stelle nicht auch deprimiert?«

»Das klingt ja nach … nach Betty Friedan.«

»Mag sein«, tut Louise ihn ab. »Aber Betty Friedan hatte nicht ganz unrecht. Falls du es nicht begriffen hast.«

Louise ist in ihrem zweiten Jahr an der staatlichen Universität. Sie studiert Umweltwissenschaften. Sie möchte Bio-Bäuerin werden, aber Profit erwirtschaften. Oder einen Jura-Abschluss machen und Umweltrecht praktizieren. Vielleicht beides. Sie ist wie Nathan mit einer praktischen Ader oder wie Bob mit einem sozialen Gewissen. Manchmal hat Nathan das Gefühl, als sei sie ein Teil von ihm, der ihm abhanden gekommen ist. Er sieht nicht, dass Louise einfach nur etwas besitzt, das den anderen beiden fehlt, und dass ihr wiederum genau das fehlt, was jeder der beiden besitzt. Es ist, als böte sich jedem von ihnen, wenn er die anderen beiden betrachtet, ein Anblick, der eine gehörige Portion schwarzen Humor verlangt: die deutlichen, aber unerreichbaren Teile seiner selbst, die ihm fehlen.

Nathan fragt sich, ob es die Wechseljahre sein könnten. Hormonersatztherapie. Gebärmutterhals und Brüste seiner Mutter. Es muss etwas damit zu tun haben, das sie eine Frau ist. Sein Vater kommt ihm nur in dem Moment in den Sinn, als er sich fragt, ob er Bescheid weiß, ob er sich um sie kümmert. Wenn sein Vater an seinem Schreibtisch sitzt und Risiken, Lebensspannen, Minderungsfaktoren berechnet – denkt er je an ihre?

»Ich frage mich, ob sie vielleicht krank ist«, sagt Nathan. »Ich meine körperlich.«

Die drei blicken zum Haus hin, als sei es das Haus, worüber sie reden. Als zögen sie in Betracht, es zu erwerben, zu verkaufen, auszuräuchern oder vor Radonbelastung zu schützen.

»Na ja«, sagt Bob, »wenn du meinst, dass das eine Möglichkeit ist, dann finde ich, dass einer von uns sie fragen sollte. Ich würde gern wissen, ob ihr etwas fehlt. Körperlich.«

Ihr Vater kommt aus dem Haus. Er will zum Laden fahren. Eine Sekunde lang hat Nathan das Gefühl, als stünden sie im Wartebereich eines Krankenhauses, und sein Vater komme gerade vom Krankenbett seiner Mutter. Jetzt schauen alle drei ihn erwartungsvoll an.

»Ist was?«, fragt er. »Sehe ich irgendwie komisch aus?«

Er hebt die Arme zu einer Art Kreuzigungspose und blickt an seinem Körper hinab. Seine drei Kinder blicken überallhin, nur nicht zu ihm.

»Nicht komischer als sonst«, sagt Bob.

»Danke«, sagt er und lässt die Arme sinken. »Braucht jemand irgendwas?«

Sie schütteln schnell den Kopf, und ihr Vater steigt ins Auto.

»Machst du eigentlich nie Urlaub?«, sagt Nathan mit Blick auf Bob. Es klingt boshafter als beabsichtigt.

Die Wahl fällt auf Nathan. Die drei gehen ins Haus, und wie besprochen verdrücken sich Bob und Louise. Nathan findet seine Mutter in der Küche. Sie wendet ihm den Rücken zu und rührt in einer Suppe. Auf dem Tisch liegt ein Kreuzworträtsel.

Er legt den Arm um sie, locker, wie ein Kumpel, und fragt, ob alles in Ordnung sei. Sie steht mit dem Rücken zu ihm und beginnt an seiner Brust zu weinen. Nein, sie muss schon vorher geweint haben. Ihre Schluchzer folgen einem festen Rhythmus. Darauf ist er nicht vorbereitet. Er hat sich ausweichende Antworten, Leugnungen, Täuschungsmanöver vorgestellt, hat sich vorgestellt, sie langsam aus der Reserve locken zu müssen. Stattdessen schluchzt sie in seinen Armen – heftig und ungeniert. Als habe sie sich gerade noch zurückhalten können und seine Ankunft abgewartet, den Auftritt, auf den sie sich geeinigt haben.

Brustkrebs ist das Erste, woran er denkt, warum auch immer. Er stellt sich eine von ihrem Körper abgetrennte Brust vor. Auf einer langen, dicken Klinge funkelt das Sonnenlicht. Ein einziger Hieb. Er spürt, wie sich sein Magen verkrampft, ein Teil von ihm, der nicht Bescheid wissen will. Denn wenn er erst einmal Bescheid weiß, wird er dieses Wissen nicht mehr abschütteln können. Vielleicht sollte er ihr sagen, dass sie sich Zeit lassen kann. Vielleicht –

»Ihr habt es euch ja sicher schon gedacht«, sagt sie, tritt einen Schritt zurück und legt die Hand vor den Mund. »Wir haben beschlossen, es nun anzugehen und« – sie macht ein Zeichen mit der Hand, als falle ihr der Ausdruck nicht ein, als sei er veraltet, ungebräuchlich, liege ihr auf der Zunge – »uns scheiden zu lassen.«

»Euch scheiden zu lassen?«

Sofort vergisst er ihre Brust und besinnt sich auf seinen Vater. Er sieht ihn vor sich, wie er sich von ihr abspaltet. Das Bild erstaunt ihn. Als wäre seine Mutter ein unabhängiges Wesen und sein Vater lediglich ein Anhängsel, das ihr aus einem inzwischen belanglosen Grund in einer längst vergessenen Ära angeheftet worden ist. Schon seltsam: Jetzt, wo Nathan weiß, was es ist, denkt er noch immer, es sei etwas, das *ihr* zustößt, und nur ihr.

»Oh, das tut mir aber leid«, sagt er. »Das tut mir ja so leid.«

»Ich weiß, wir hätten es euch früher sagen sollen«, sagt sie. »O Gott, weißt du, diese ganze« – und wieder die Handbewegung –, »diese ganze Sache mit der Akzeptanz. Ich glaube, wir hatten es selbst noch nicht richtig akzeptiert.«

»Ich dachte schon, du wärst krank«, sagt er sanft. »Du bist doch nicht krank?«

»Nein, ich bin nicht krank.«

Er drückt sie an sich. Ihre Brüste an seiner Brust. Es ist ihm unangenehm, aber er lässt sie nicht los. Er spürt schwach ihr Herz klopfen.

»Na komm«, sagt er und wiegt sie. »Komm. Lass uns eine Weile an die frische Luft gehen.« Er geht zum Wandschrank, um ihren Mantel und ihre Handschuhe zu holen. »Lass uns spazieren gehen«, sagt er.

Draußen hakt er sich bei ihr ein und betrachtet den Himmel. Es ist dunkler, als es um diese Tageszeit sein sollte. Auf seinen Lippen, seinen Lidern, seiner Nasenspitze landen Schneeflocken. Gewichtlos, farblos und, kaum dass sie seine Haut berühren, nicht mehr vorhanden; er ist sich unschlüssig, ob so etwas überhaupt als Sinneseindruck durchgehen kann.

»Wo kommt nur all der Schnee her?«, fragt seine Mutter und hebt die ausgestreckte Hand zum Himmel. »Er fällt einfach ... fällt und fällt.«

»Geht's dir einigermaßen?«, fragt er.

»Es wird schon«, sagt sie. Und dann schnell, als lese sie aus einem Drehbuch vor: »Ich möchte, dass du eins weißt.

Du musst wissen, dass wir nicht deinetwegen zusammengeblieben sind. Nicht euretwegen. Wir haben uns nicht all die Jahre über gehasst. Wir hassen uns nicht einmal jetzt. Es ist nur...«

Er weiß, dass er sie zum Schweigen bringen, ihr sagen müsste, dass sie nichts zu erklären braucht, nicht jetzt, nicht ihm, er ist kein Kind mehr. Natürlich will er es wissen. Er will wissen, ob es andere gab, ob es Grausamkeit gab, ob es größere Lügen gab als die gewöhnlichen. Er will wissen: War es wirklich je vorhanden zwischen ihnen – *es* –?, und falls ja: Wann war es gestorben? Und dann natürlich: warum? Er möchte genau wissen, wie viel Schmerz sie verspürt.

Aber er sagt nichts. Und er bemerkt, dass sich trotz all der unbeantworteten Fragen eine fast beängstigende Klarheit in ihm ausgebreitet hat. Vielleicht ist es ja nur der Schmerz und die Tatsache, dass das Gespenst jetzt einen Namen hat. Aber vielleicht geht es ja auch noch um etwas anderes. Darum, dass er nicht strauchelt. Dass er um etwas gebeten wird, von dem er nicht vermutet hätte, dass er es besitzt, und das er jetzt doch bei sich vorfindet. Als habe er in aller Einfalt dagesessen, und sie sei des Wegs gekommen und habe ihm eine Münze hinterm Ohr hervorgezaubert.

Sie *hat* auf ihn gewartet. Vielleicht nicht in jenem Augenblick dort im Haus, aber heute Morgen hat sie auf ihn gewartet, und gestern, eigentlich schon vor drei Tagen, als sein Flugzeug gelandet war, und all die Jahre davor. Sie hat darauf gewartet, dass er sie erkennt. Dass er zu ihr kommt und sie richtig wahrnimmt. Und das hat er getan. Wenn er auch sonst nichts tun kann, das kann er tun, so viel weiß er. Kann sie, deren Leben zerbrochen ist, auf einer weihnachtlich verschneiten Straße in den Arm nehmen. Kann existieren. Er ist am Leben, und neben ihr in der Welt.

STAUB

Es war nicht recht, was geschah. Dass sie gemeinsam um den Weihnachtsbaum herumsaßen und es ihnen nicht sagten. Dass sie Geschenke austauschten, Überraschung heuchelten, Gefühle mit sanftem Sarkasmus verbrämten und es nicht sagten. Als könnten sie diesen Teil einfach überspringen, ohne den gesamten Plot in Mitleidenschaft zu ziehen.

In der Nacht zuvor waren sie – Helen, John und ihre drei erwachsenen Kinder – zur Mitternachtsmesse gegangen und hatten in derselben Stimmung daran teilgenommen, in der sie an einem Kuchenbasar oder einer anderen Wohltätigkeitsveranstaltung der Kirche teilgenommen hätten. Mit einem nachsichtigen, halb ironischen Augenzwinkern, als sei der Katholizismus auch so einer jener wunderlichen Vorstadtbräuche, denen sie in ihrer Weltläufigkeit längst entwachsen waren. Auf dem Heimweg hatte es heftig geschneit, und der Schnee hatte bei ihnen allen ein geradezu ehrfürchtiges Schweigen ausgelöst, was dem Gottesdienst mit seinem Menschengedränge und seinem säuerlichen Alkoholdunst nicht gelungen war. Als das Auto geschmeidig durch die weißen Straßen glitt, sah Helen Holzlattenzäune, Laternenpfähle und Fahrradständer, deren Spitzen jetzt viel weniger scharf erschienen, und hatte das

Gefühl, dass sich auf die Wahrheit ein Hauch Wandlungsfähigkeit gelegt hatte.

Bob schlug vor, einen Schneemann zu bauen, und sein Vater schaltete die Außenbeleuchtung ein, sodass der Garten in einem sonnigen Gelb erglänzte. Bob, Nathan und Louise begannen Schneebälle zu rollen, ihre mit einem Mal zielstrebige Tätigkeit ähnelte der von Menschen, die in einer Krise mobilisiert werden. Die glühenden Zigarettenspitzen, mit denen ihre behandschuhten, gestikulierenden Hände herumfuchtelten, erinnerten ihre Mutter an Leuchtkäfer. Eine wundersame winterliche Erscheinung.

Fast kam sich Helen wie eine unbeteiligte Zeugin des Geschehens vor, als sei das Treiben draußen weniger eine spontane Reaktion auf den Schneefall denn eine Art Rorschachtest. Und neugierig wartete sie ab, was für eine Form der Schnee annehmen würde.

»Ich stelle den Antrag, ihn Frosty zu nennen«, sagte Nathan.

»Frosty?«, erwiderte Louise. »Klingt ziemlich kitschig.«

»Genau. Deswegen.«

»Uh«, machte Bobby. »Ich verstehe. Über Kitsch sind wir hinaus. Wir leben im Zeitalter des Post-Kitsches.«

»Sogar im Zeitalter des Post-Post-Kitsches«, sagte Nathan. »Darum können wir ihn Frosty nennen und beugen uns weder dämlicher Naivität noch bitterer Ironie.«

»Hört, hört.«

»Ist es möglich, post-ironisch zu sein?« fragte Louise.

»Ja«, antwortete Bob, »aber...«

»Und schon geht's los...«

»...dann wärst du Briefträger in Athen.«

»Ph-tschum!« Nathan schlug ein imaginäres Becken.

Helen wünschte sich, ihre Kinder würden nicht so reden. Von ihrer Respektlosigkeit fühlte sie sich sonderbar angegriffen; sie nahm sie persönlich. Sie wusste, dass sie, wenn sie von dämlicher Naivität sprachen, eine Zeit meinten, als sie selbst etwa in dem gleichen Alter war wie Louise jetzt. Als sie einen Schneemann Frosty genannt hätten, ohne ihre Anwandlung dekonstruieren zu müssen. Aber bei ihnen war eben alles mindestens zweideutig.

»Ich stelle den Antrag«, sagte sie fröhlich, »dass wir ins Haus gehen.«

»Gute Idee«, sagte John. John. Sie hatte ganz vergessen, dass er da war.

Im Haus verglichen sie das Bordessen verschiedener Fluggesellschaften, und mit unangemessener Leidenschaft schilderte Nathan seine neueste Entdeckung: was man alles mit Salbei anstellen könne. Danach eine Diskussion, der sie nicht folgen konnte, über rotes Fleisch, Magensäure und Arthritis. Nathan war vor Kurzem Vegetarier geworden.

»Ich weiß nicht, warum du dich über rotes Fleisch sorgst, wenn du so was rauchst«, sagte John und zeigte auf die Kippen im Aschenbecher.

»Ich weiß, ich weiß. Aber meine Gesundheit ist nicht der einzige Grund. Es ist irgendwie unmoralisch, Tiere zu töten.«

»Bist du etwa Buddhist?«, fragte Bob.

»Bist du wirklich Buddhist?«, fragte Louise.

Nathan krümmte sich sichtlich. »Na ja«, sagte er, »so 'n bisschen … so 'n bisschen Buddhismus hab ich mitgemacht, stimmt.«

»So 'n bisschen Buddhismus«, sagte Bob. »Hm. Von einem Katholizismus à la carte habe ich schon gehört.«

Nathan sah, dass sein Vater ihn argwöhnisch musterte, als warte er auf das Eingeständnis einer weiteren Perversion. Homosexualität vielleicht oder Brustwarzenpiercing. Es war eigenartig: Wenn Nathan allein war, mit Freunden zusammen oder auch mit einer Frau, fühlte er sich wohl. Körperlich wohl, substanziell, hinreichend männlich. Schließlich war er kräftig und hochgewachsen, seine Muskeln saßen straff auf dem Gerüst seines Körpers. In Gegenwart seines Vaters jedoch hatte er das Gefühl, als mangele es ihm an Dichte. Zerbrechlich, unbedeutend. Als wäre er für die anderen eine Enttäuschung.

»Also was tust du?«, fragte sein Vater. »Meditierst du … oder was? Was tut ein Buddhist?«

»Ich bin kein Buddhist«, seufzte Nathan. »Ich recherchiere nur.«

»Aber ich frage dich. Was macht jemanden zum Buddhisten? Im Gegensatz zu –«

»Im Gegensatz zu, sagen wir, einem Handlungsreisenden«, meinte Bob.

»Die Praxis des Buddhismus«, antwortete Nathan, indem er seinen Bruder überhörte. »Offenkundig.«

»Ach, Junge.« Sein Vater schlug sich mit den flachen Händen auf die Schenkel. »Wir kommen nicht vom Fleck. Warum immer so defensiv, Nate?«

»John.«

»Was ist denn, ich frag doch nur.«

»Lass das«, sagte Helen. »Das ist seine Angelegenheit.«

»Ein merkwürdiger Zeitpunkt, das ist alles«, fuhr er fort. »Er sucht sich Weihnachten aus, um uns mitzuteilen, dass er kein Christ mehr ist. Nicht, dass ich was dagegen hätte. Schließlich ist es sein Leben.«

»Da stimme ich dir zu«, sagte Louise. »Religion ist Privatsache. Wie wenn du schwul bist oder so. Es geht niemanden was an.«

John sah Louise an. Nathan lächelte. Jetzt dachte sein Vater bestimmt, dass auch Louise so veranlagt sein könnte. Selbst Bob war verstummt.

»O Gott«, sagte Louise und verdrehte die Augen. »Entspann dich, Dad. Du auch, du Neandertaler.«

»Wie du sagst, es geht niemanden was an«, sagte Bob. »Ich staune nur über den Tiefsinn deiner Bemerkungen. Religion ist wie Schwulsein. Ich nehme an, du meinst in Hinsicht auf Promiskuität.«

»Du weißt genau, was ich meine«, sagte Louise. »Sie ist Privatsache. Nur du kannst dir deine Religion aussuchen.«

»Da bin ich anderer Ansicht. Wenn es zwei Dinge in dieser Welt gibt, die eben keine Privatsache sind, dann Religion und Sex.«

»Aber sie sollten es sein.«

»Ah, das ist was anderes.«

»Ihr schon wieder«, sagte Helen, »immer an den Feiertagen.«

»Genau«, sagte John, ohne den Blick von seiner Tochter abzuwenden.

John, Louise und Bob gingen zu Bett, und Nathan war seiner Mutter noch dabei behilflich, Bierflaschen, Weingläser und Aschenbecher in die Küche zu tragen. Da hätte sie es ihm sagen können. Ihre Gespräche waren nie oberflächlich gewesen, es gab nichts, was sie daran hinderte, zu ihm vorzudringen. Aber sie sagte es nicht. Stattdessen unterhielten sie sich über die Vergangenheit. Nathan schien ganz erpicht darauf, in Erinnerungen zu schwelgen, und war darüber selbst verwundert. Wie sie so mit ihrem Sohn in der Küche saß, hatte Helen das sonderbare – aber nicht ganz fremdartige – Empfinden, mit *ihm* verheiratet zu sein. Nach einer Party könnten sie, Mann und Frau, mühelos beisammensitzen und den Abend oder ihr ganzes Leben auseinandernehmen. Doch als sie einander gute Nacht sagten und sie ihn umarmte, fühlte er sich – trotz seiner Körpergröße – so jung an.

John regte sich nicht, als sie zu ihm ins Bett stieg, aber sie wusste, dass er wach war. »Es ist Weihnachten«, sprach sie in die Dunkelheit.

»Mmm.«

»Weihnachten.«

»Schlaf jetzt, Helen.«

Sie stellte fest, dass sie in letzter Zeit eine gewisse philosophische Distanz entwickelt hatte, die an die Stelle des Schmerzes getreten war. Als sei ihre Ehe ein neues, kühnes Experiment in Sachen Leben gewesen, und dies hier nicht so sehr deren tragisches Ende als vielmehr der Punkt, an dem sie sich zurücklehnen und die Daten analysieren konnten. Wie hoch war die natürliche Lebensdauer dieser Ehe? Mit welchen denkbaren Mitteln ließe sie sich womöglich verlängern? Mit dem Auftauchen von Kindern vielleicht oder mit deren Wiederauftauchen zu den Festtagen, zu bestimmten Jahreszeiten mit erhöhter Sensibilität? Wir sind wie unförmige Kosmonauten, dachte sie, die aus der Luke ihres Raumschiffes steigen, angefüllt mit Geschichten aus der Welt, die sie hinter sich gelassen haben. Nun ja. Man steht es durch, so gut man kann.

John würde so reden: *Was ich nicht verstehe,* würde er sagen, *ist, warum die Liebe stirbt.*

Während sie sich nicht etwa darüber wunderte, dass die Liebe starb, sondern darüber, wie schnell sie starb und mit welch offensichtlicher Leichtigkeit. Gewiss, sie waren länger zusammen als die meisten Ehepaare, aber jene ersten makellosen Tage konnte sie an den Fingern abzählen. Als sie gerade genug voneinander wussten, um darauf zu beharren, mehr zu wissen. Warum?

Warum jenes dumpfe, blinde Beharren auf Wissen, warum der feste Glaube, dass es gut für einen sei? Und natürlich ergab sich daraus eine weitere Frage: Was stellte man mit seinem Wissen an? Das war das Entscheidende, dachte Helen. Denn es kam ihr vor, als sei das Beharren auf Teilhabe an einem Leben, das einen letzten Endes nur enttäuschen konnte, nicht töricht, sondern unbezähmbar. Töricht war es, dieses Wissen vermeiden zu wollen oder so zu tun, als habe man es nicht. Sich einzubilden, man könne den Belag abkratzen und zu dem glänzenden Ding vordringen, das man einstmals war.

Man brauchte, das wusste sie, jene ersten Tage, um es überhaupt so weit zu schaffen. Aber man sollte nicht allein auf sie bauen.

»Aber woher kommt der bloß?«, fragte John. »Ich meine, was verursacht eigentlich Staub?«

An jenem Tag, gleich zu Beginn ihrer Ehe, als sie ihn gebeten hatte, ihr im Haushalt zu helfen. Er war durchs Zimmer gegangen, hatte den Zeigefinger über die Oberflächen wandern lassen und sichtlich bestürzt den Staub zwischen Daumen und Zeigefinger gerollt und geknetet.

»Hm«, hatte er gesagt. »Hm.«

»Gib mir das Staubtuch«, hatte sie schließlich gesagt. Gereizt, aber nicht unbedingt böse.

»Nein, ich wollte gerade –«

»Ich mach's selbst«, hatte sie gesagt.

Sie fühlte sich auf den Arm genommen, bevormundet. Aber könnte es sein, dass sie seinen Ton missverstanden hatte? Was, wenn sie stattdessen Nachsicht gezeigt, sich seiner halb ernsten, halb gespielten Verwunderung angeschlossen hätte? Es hätte darauf ankommen lassen? Sie hätte seinen Namen mit dem Zeigefinger auf den staubigen Kaminsims schreiben können und ihn langsam, neckend mit dem Staubtuch abwischen können. Als könnte sie seinen Namen einfach so vergessen. Sie hätte von Erde und von Tod sprechen können. Von Sonnenstrahlen. Von dem Schnee auf den Schultern seines Mantels. Von dem Wort *Stäubchen*. Sie hätte seine Frage nicht wirklich beantworten können, aber das wäre ihm gar nicht aufgefallen. Denn im Grund erwartete er gar keine Antwort. Denn damals war John noch zu großäugiger Neugier fähig, und eigentlich wollte er in diesem Augenblick nichts anderes als ihre Anteilnahme an seinem Staunen.

Aber wir wollen nicht Helen die Schuld zuschieben. Was brauchte sie? Vielleicht das Wissen, dass seine träumerischen Anflüge nicht etwa bedeuteten, dass er keine Wurzeln hatte, hier, bei ihr. Dass er sie sogar miteinbezog. Um ihn nicht immer zurückzerren zu müssen, musste sie wissen, dass er nirgends hinging. Und es hätte ihn wahrhaftig nicht viel gekostet, einfach nur zu sagen: Ich bin hier.

Dieser Ehe verbleibt nicht mehr viel Zeit. Zwei Wochen noch, vielleicht drei. Ein Monat, wenn sie weich werden. Sie werden Neujahr überleben, mit all seinem obligatorischen Melodrama. Sie werden sich betrinken, betrüblich, aber unvermeidlich. Auf einer Party werden sie irgendwie die Kraft aufbringen, sich an der üblichen Runde müder Flirts zu beteiligen. Möglicherweise werden ein, zwei alte Liebschaften da sein, ob nun von ihm oder von ihr. Diese

Leute werden ihnen vorkommen, wie ihnen alte Fotos von sich vorkommen. Um Mitternacht werden John und Helen sich umarmen, und einer von ihnen – schwer zu sagen, wer – wird sagen: *Es tut mir leid,* wenn der andere gerade sagt: *Schönes neues Jahr.* Mitten in der Umarmung werden sie das Gefühl haben, sich an ihrem Geheimnis festzuhalten, und aus diesem Grund wird es ihnen schwerfallen, loszulassen. Es ist, das wissen sie, das letzte Geheimnis, das sie je teilen werden.

Sie werden nicht streiten. Aller Streit liegt hinter ihnen. Doch auf dem Heimweg, im Taxi, werden sie in missmutiges Schweigen verfallen, und vor Helen wird ein Bild auftauchen: Januar, die Leute gehen ihre eigenen Wege. Wie die Mitwirkenden eines überraschend erfolgreichen Theaterstücks, das ungewöhnlich lange auf dem Spielplan gestanden hat. Schon herrscht ein Gefühl der Leere, der Befreiung. Davon, nicht im Augenblick zu leben, sondern diesem einen Schritt voraus zu sein.

Aber das ist noch einige Tage hin. Jetzt ist erst einmal Weihnachten, und als Helen und John an diesem Morgen aufwachen, begreifen sie, was für eine verheerende Idee es war, ihren Clan um sich zu scharen, wie sehr sie ihren Masochismus verfeinert haben.

Es klopft an der Schlafzimmertür, ein kompliziertes Klopfen. Es ist ein Weihnachtslied, aber welches, ist nicht zu erkennen. Rhythmus liegt ihnen nicht im Blut.

»Seid ihr auch anständig bekleidet?«, fragt Bob. »Können wir reinkommen?«

»Sehr anständig«, antwortet John.

Louise trägt ein Tablett mit Toast, Kaffee und frisch gepresstem Orangensaft herein. Bob hat zwei Weihnachtskugeln vom Baum genommen und sie sich über die Ohren gehängt.

Helen verdreht die Augen und lächelt. »Wo haben wir die nur her?«, sagt sie zu John.

»Keine Sorge«, sagt Bob, »wir sind nur die Vorgruppe. Im Garten stehen Frauen mit Quasten an den Brüsten.«

»Nicht schon wieder«, sagt John.

»Ich fürchte, doch.«

Louise und Nathan stehen wartend dabei.

»Das ist so … süß«, sagt Helen. »Das ist so süß von euch.«

»Es war meine Idee«, sagt Louise.

»War's nicht.«

»War's wohl.«

»Das Frühstück«, sagt Nathan übermäßig feierlich, »war Louises Idee.«

»Danke, mein Lieber«, sagt seine Schwester.

Helen betrachtet Nathan, das mittlere Kind. Dieses sonderbare Verantwortungsgefühl, das er noch bei Scherzen an den Tag legt. Sie lässt sich von einer Wahrheit überspülen, die sie normalerweise von sich fernhält: dass sie ihn mehr als die anderen beiden liebt. Oder zumindest instinktiver. Seine Tiefe, die Art, wie er sie anblickt, als suche er Antworten. Sein schweres Herz, dessen Ursache sie nie ergründet hat, das sie jedoch wie ein Gewicht auf ihren Schultern verspürt.

»Ich glaube, ich muss weinen«, sagt sie ausdruckslos.

»Ach du meine Güte«, sagt John.

»Mom ... «

»Ich hasse es, eine Frau weinen zu sehen«, sagt Bob.

»Abmarsch«, sagt Nathan zu seinen Geschwistern und nickt zur Tür hin. »Kommt, wann immer ihr fertig sein.«

Sie verlassen der Reihe nach das Zimmer und schließen die Tür hinter sich, und sie weint in der Tat. Aber nur kurz. Schon bald ist sie tränenleer, und ihr Schluchzen fühlt sich fast an wie das einer Schauspielerin auf der Bühne. Als habe sie auf ein Stichwort hin geweint und könne jetzt wieder aufhören. John hebt das Tablett hoch und schafft Platz auf dem Nachttisch. Er wiegt sie kurz in den Armen, und als ihre Tränen nachlassen, zieht er sich zurück.

»Ich hätte nie gedacht, dass es so kommen würde«, sagt er.

O Gott, denkt sie verbittert. Sie hasst es, wenn Leute so etwas sagen. Was soll das überhaupt heißen, *es*? Ihr Leben? Ihre Ehe? Das Alter? Der heutige Morgen? Werd endlich erwachsen, möchte sie gern sagen. Verdammt ... wach ... endlich ... auf.

»Du hättest nie gedacht, dass *was wie* kommen würde?«, fragt sie.

»Ich hätte nie gedacht, dass ich mich je so fühlen würde ... so –«

»So wie? So beschämt?«

»Kann ich vielleicht mal reden, bitte?«

»Rede«, sagt sie, »rede. Herzlich gern, rede.«

»Es war nicht meine Idee, falls du dich erinnerst.«

»Entschuldigung«, sagt sie langsam, »dass ich eine Idee hatte.«

»Ach, komm mir doch nicht so.«

Sie zappelt – das ist das einzig richtige Wort dafür –, sie zappelt auf dem Bett herum. Es ist die einzige Bewegung, mit der sie ihre Erbitterung über ihn einigermaßen zum Ausdruck bringen kann. Ihre Erbitterung über sein Bedürfnis nach Schuldzuweisung. Über seine plötzliche Passivität, wenn etwas schiefgeht.

»Wenn es meine Idee war«, sagt sie, »dann deswegen, weil ich dachte, es könnte ... ach ...«

»Funktionieren?«

»Helfen.«

»Hast du das gedacht?«

»Hast *du* das gedacht?«

Mach schon, denkt sie, sag's schon: *Ich hab dich zuerst gefragt.*

Stattdessen wird er weich. Scheint fast zusammenzusinken, dort im Bett neben ihr. Aber nicht so wie sonst, auf eine Weise, die ihr Mitleid herausfordert, die ihr das Gefühl verleiht, der Hammer auf seinem Amboss zu sein. Er sackt richtig in sich zusammen.

Sie will, dass er sagt: *Es ist aus.* Oder ein Teil von ihr will es. Damit sie endlich aus der Rille springen können, in der sie sich befinden. Sie will, dass er sagt, es sei doch ganz einerlei, wessen Idee es war – dieses Weihnachten, dieses Leben, was immer es ist, woran sie sich versuchen und woran sie so offensichtlich scheitern. Er soll zugeben, dass der Plan zu kompliziert geworden ist und John in diesem Augenblick nichts lieber will, als einfach aufzugeben.

Aber er wird es nicht sagen. Das weiß sie.

»Ich weiß nicht, was ich gedacht habe«, sagt er schließlich. »Ich weiß es wirklich nicht.«

Früher einmal hielt man sich zurück, denkt sie, weil man sich gern hatte. Und noch früher brauchte man sich nicht zurückzuhalten, weil gar keine Gründe vorlagen, weil man noch keine Liste mit Minuspunkten führte. Unzählige Male nahm man Rücksicht auf die Gefühle des anderen. Man wusste kaum, dass man es tat, und ganz gewiss erwähnte man es nie. Doch ziemlich bald wollte man Anerkennung für all die Rücksichtnahme, und dann war es nur noch ein kleiner Schritt bis dahin, dass man gar keine Rücksicht mehr nahm.

Er will ihrer beider Gefühle schonen, selbst in diesem späten Stadium noch. Die Tränen mögen hinter ihnen liegen, aber die Grausamkeit auch. Was ihre Kinder Post-Gleichgültigkeit nennen würden. Wo es nichts mehr ausmacht, dass es nichts mehr ausmacht.

Sie erhebt sich aus dem Bett und blickt auf ihn hinab. Etwas springt von einem auf den anderen über, etwas Jahrhundertealtes und nicht eigentlich Schlimmes: das ehrenvolle Eingeständnis des Scheiterns. Sie fühlen sich gewissenlos heroisch und sonderbar frei.

Sie nimmt ihren Morgenmantel vom Haken und schließt die Badezimmertür hinter sich. Der Kaffee auf dem Nachttisch ist kalt geworden. John betrachtet ihn wehmütig und nicht ohne Schuldgefühle. Als wäre der Kaffee eine Schülerarbeit, die ihm hinter den Kühlschrank gefallen und dann in Vergessenheit geraten ist.

Als hätten sie eine Absprache getroffen, sind ihre Geschenke füreinander dieses Jahr ohne jeden Hinweis auf die Zukunft. Auf etwas, das sie miteinander teilen, das sie aneinander bewundern oder auf dem sie gemeinsam aufbauen könnten. Verschwunden sind die Seidenschals früherer Jahre oder sonst etwas in der Farbe, die sie so an ihm liebt, verschwunden die Vase, in der die Blumen stehen könnten, die er ihr jedes Jahr im Januar gekauft hat, um die grauen Tage, die vor ihnen lagen, zu verschönern.

Stattdessen tauschen sie die unpersönlichen Plichtgeschenke, mit denen auch ein Fremder aufwarten würde. Bestseller statt des ledergebundenen Buches, das sie im Antiquariat gesehen hat. Ein neuer Griff für seinen Tennisschläger statt seiner Lieblingshandtücher, die eines Tages nach ihm riechen würden. Nichts, das verraten würde, was sie von den intimeren, aber weniger dringlichen Bedürfnissen des anderen wissen. Ihren Kindern fällt es nicht auf. Aber das ist das Wesen der Intimität. Dass sie ihre eigenen Symbole hat, deren Bedeutung sich anderen Menschen ebenso wenig erschließt wie ihre Abwesenheit.

Spät am Nachmittag sitzt Helen am Fenster und schaut hinaus. Die Luft ist dunkelblau, mehr Schnee ist vorhergesagt. Bob, Nathan und Louise stehen draußen und trinken Glühwein. Ihre Gesichter sehen entspannt aus. Hin und wieder formt einer von ihnen einen Schneeball und bewirft damit die anderen. Halbherzig und ohne Arglist. Bob und Nathan rauchen. Louise nicht. Jedenfalls noch nicht. Am Ende, denkt Helen, gibt es nur sehr wenig, wovor wir sie schützen können.

Bob wedelt mit dem Arm und zeigt dann zum Himmel. Er erzählt eine Geschichte. Helen kann sich nicht vorstellen, worüber. Aber Louise bringt er zum Lachen, und Nathan schüttelt lächelnd den Kopf. Sie kommen Helen so weltläufig vor, so in sich ruhend. Sie selbst war nie so. John auch nicht, glaubt sie. Sie weiß, ihre Kinder werden Fehler machen, vielleicht schwere Fehler, aber im Unterschied zu ihr werden sie damit rechnen, Fehler zu machen. Sie wissen zu viel. Über Wirtschaftswunder, die Neuerfindung von Individuen und Gesellschaften. Sie wissen, was dort draußen es wert ist, gerettet zu werden, und woran wir uns nur aus Angst klammern. Nur sehr wenig wird diesen dreien je verheerend scheinen, und das wirkt auf Helen wie eine Wohltat und ein Verlust zugleich. Für die Kinder ist der Mond lediglich ein Ort, an den man reist, wenn man sehr klug und sehr gesund und nachweislich zurechnungsfähig ist.

Sie teilt jedem von ihnen eine Farbe zu. Louise ist ganz erdfarben, das ist leicht. Olivgrün oder schwere Brauntöne. Nathan ist meerblau, aber nicht karibisch. Dichter, still und tief; eine Art latenter Kraft. Und Bob hat die glühende Nichtfarbe eines Sterns. Gleichbleibend. Obwohl er der Erstgeborene ist, steht er ihr am fernsten. Er verdient sich seinen Lebensunterhalt, indem er Geld kauft und verkauft. Wie soll das überhaupt gehen? Sie hat ihn davon reden hören, dass Leute Millionen verlieren, aber nur auf dem Papier. Helen versteht es nicht und will es auch gar nicht verstehen. Sie kann sich des Gedankens nicht erwehren, dass es eine krasse Umkehrung der natürlichen Ordnung ist, wenn man mit seinem Geld keine Produkte mehr kauft, sondern – Geld. Trotzdem ist er immer noch Bob, ihr Sohn. Zu ruppiger, aber aufrichtiger Zuneigung fähig und zu einem Gefühl für Treue, das jede Analyse ausschließt. Gewisse Dinge lassen sich bei Bob nicht ändern. Er wird sie nie verstehen, das weiß er auch, aber wenn sie ihn braucht, wird er zu ihr kommen.

Nathan unterrichtet arme Kinder. Unterprivilegierte Kinder, meint sie. Immer wieder stellt sie ihn sich in einem Reservat vor, dabei weiß sie, dass er in einer kleinen Blockhütte in den Appalachen lebt und offenbar glücklich ist. Es ist seine Wahl, obwohl sich das schon morgen ändern könnte. Für ihre Kinder ist Veränderung ein Schlagwort und kein Grund zur Beunruhigung. Mehr als die anderen scheint Nathan auf der Suche nach etwas zu sein. Louise weniger, aber die ist ja auch noch jung, erst zwanzig. In letzter Zeit redet sie dauernd von Gaia. Erzählt Helen von der Erde und von Bäumen und Blumen: dass sie alle beseelt sind und wir nur dann über das Ethos der Zerstörung hinausfinden, wenn wir dies akzeptieren. Das kann sie nur deshalb sagen, weil sie sich großräumiger Zerstörung bewusst ist, etwas, das Helen mit Neid und Bedauern zugleich erfüllt. Natürlich wird dies nicht Louises letzte Erscheinungsform sein. Sie wird noch viele Inkarnationen durchlaufen. Aber es ist doch ein Hinweis darauf, wo ihre Sensibilität schon jetzt liegt.

Mittlerweile sitzen Bob und Nathan auf der niedrigen Ziegelsteinmauer, die die Blumenbeete einfasst, Louise auf der Motorhaube des Wagens. Sie erklärt etwas, und die beiden lauschen gespannt. Das ist wieder so etwas. Dass Louise in ihrer Gegenwart nicht schüchtern ist. Anscheinend entschuldigt sie sich für nichts. Nicht für ihre Jugend, nicht für ihr Geschlecht und auch nicht für irgendwelche statistischen Informationen, für Zahlen und Fakten, an denen es ihr mangelt. Sie glaubt daran, dass ihre Überzeugung sie trägt. Und Helen weiß, daß das wegen Bob so ist. Er hat einen Ton vorgegeben, der ohne Entschuldigungen oder Ängste auskommt und den Louise übernommen und verfeinert hat. Davon abgesehen, liebt Bob seine Schwester. Mehr, weiß Helen, als er Nathan liebt. Und vermutlich mehr, als Louise in ihrem Alter überhaupt bemerkt. Helen weiß, dass sie Bob Dank schuldet, dennoch gibt es da dieses unbehagliche Gefühl der Distanz zwischen ihnen. Als sei er ein Mann, den sie nur oberflächlich kennt, der ihre Kinder, nachdem er sie im Sommerlager in die Anfangsgründe des Überlebenstrainings eingeführt hat, unversehrt wieder zu Hause abliefert.

Etwas Schönes nimmt vor ihren Augen Gestalt an. Ihr und John zum Trotz. Und sie beide haben versucht, es für sich auszuschlachten, ihm Zutrauen oder eine Zukunft abzugewinnen – und wie beschämend und durchsichtig ihre Anstrengungen sich anfühlen! Dort draußen findet sich der Beweis für gewisse Dinge. Dass sie gelebt, einander geliebt und sich fortgepflanzt haben. Dass es andere, bessere Zeiten gegeben hat, deren Früchte inzwischen außer Reichweite sind, ihnen abhandengekommen sind wie die Zeiten selbst. Helen und John bewegen sich am Rande all dessen, in einem nahezu trüben Nebel, so als wären sie geschwommen, hätten gelaicht und müssten jetzt sterben.

Heute wusste sie, was John wollte. Die Zeit zurückdrehen und sie dann anhalten. Wäre es zu einer Apotheose gekommen, heute Morgen hätten sie sie erlebt. Im Bett oder beim Öffnen der Geschenke, die Kinder zu ihren Füßen. Als könnten sie am Weihnachtsmorgen aufwachen und sich, zum ersten Mal seit so langer Zeit, in ihrem eigenen Leben aufgehoben fühlen.

Doch stattdessen war ihnen das genaue Gegenteil von dem, was sie anstrebten, klargeworden. Dass ihre Kinder sich von ihnen gelöst haben, liegt schonungslos offen zutage. Sie und John befinden sich im Zentrum von nichts; sie sind zurückgelassen worden. Sie befinden sich in der seltsamen Lage von Menschen, die ihren Freunden im Bewusstsein zu sterben eine Abschiedsparty gegeben haben. Da sie die Party jedoch nicht ruinieren, die Menschen, die ihnen nahestehen, nicht belasten wollen, damit man um sie herum spontan bleibt, haben sie ihr Geheimnis für sich behalten und auf diese Weise aller Freude entsagt. Sie können sich weder darauf verlassen, dass diese Menschen sie wiederbeleben, noch darauf, dass sie ihr Hinscheiden auch nur eine kurze Weile betrauern werden. Nicht einmal auf den Schock können sie sich verlassen. Er könnte ausbleiben.

Titel der englischen Originalausgaben:

»Solomon's Seal and Other Stories«,
erschienen bei Phoenix House 1997
Copyright © Molly McCloskey 1997

»The Beautiful Changes«,
erschienen bei The Liliput Press Ltd 2002
Copyright © Molly McCloskey, 2002

Bei der hier vorliegenden deutschen Übersetzung handelt es sich um
eine Auswahl von Erzählungen aus den beiden angegebenen Bänden.

1. Auflage 2011 – © Copyright für die deutsche Ausgabe: Steidl Verlag, Göttingen 2011
Alle deutschen Rechte vorbehalten – Lektorat: Claudia Glenewinkel – Buchgestaltung:
Sarah Winter / Steidl Design – Motiv Umschlag: © Francis Alÿs – Satz, Druck, Bindung:
Steidl, Düstere Straße 4, 37073 Göttingen – Printed in Germany – www.steidl.de
ISBN 978-3-86930-232-4